U0165702

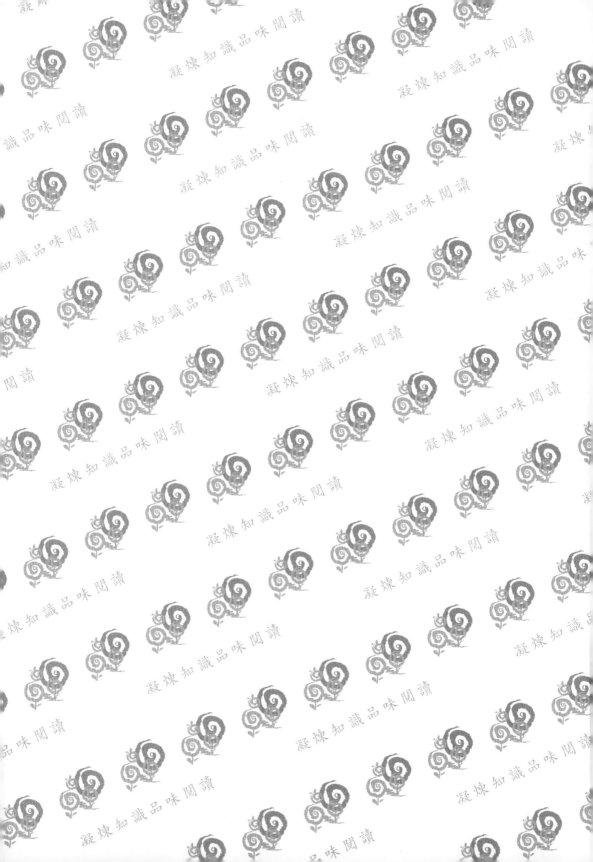

聊解
文學概論

許麗芳　著

掌握30則重點，
跨越東西方文學領域。

五南圖書出版公司 印行

導　言

　　本書分三個單元，分別為文學原理、文學思潮與文學批評，主軸在於主體與語言的互動與表現之思考。主體可以是作者、讀者以及批評者，而語言則包括言語現象、表現意念與操作自覺、分析依據等，藉由上述各個層面之綜合理解與運用，期建立修習《文學概論》之視野與初步理解。

　　文學世界中，作為主體的動機尤應強調，這樣的自覺建立了藝術空間，與現實產生距離區別，又以這自覺進行作品之操作加工，使藝術作品不同於實際世界人事之原貌，卻能涵蓋應有的規律與情感，又因美感形式的有意呈現，使語言本身也具有藝術價值，而不僅是傳達工具。語言的設計編織，使文學作品具有內容形式之變化與美感，超越日常用語之層次，並有了系統的構造規律與講究，呈現人為加工的一系列構思過程，以及凝鍊寓意、具有隱喻暗示等的審美結果，發揮了文字語言的各種表現可能。

　　而各時期主體的自覺或主張，因一定時空的政治社會文化因素之影響，又往往匯流成某種思潮，宣揚特定的創作主張，產生相對應表現取向的作品，也展現對以往思潮的反省修正。一連串的反思所形成的潮流運動使各種面向的文學觀察與實際作為不斷累增，且彼此參照增益，文學世界的內涵因此更擴大深化，反映了當世的文人意見與心靈，這是與政治經濟社會等因素息息相關的反映與呈現，因此構成文學內在的意義與價值。

　　文學批評與文學理論則展現另一種對文學藝術考察的姿態，以及對外在環境的敏銳意識或反省，因時代推移與文明發展，人類社會之生活樣態與思維日趨多元，進而也對文學藝術有了不同角度的思考，如視文學為語言符號互動象徵的系統；視文本為未完成的書寫符號，需要讀者之闡釋對話才有實現意義的可能；乃至於發展至遊戲挑戰的態度，將本屬專業學科的文學，另視為是質疑戲謔反省的創作，藉由言語及語言的相互參照，意義總是增生蔓延而未有一定，思想與內涵也因此不斷變化，認識更多作品的可能性之同時，有更多可能的結果也在等待認識，這或許就是目前文學藝術的特質與實質，總是在不斷進步發展中，永遠有新的意義與意味。也正是文學的價值之所在。

　　本書屬於重點彙編，整理出三十則論題加以探討，並規劃複習與評量，藉由關鍵字之參差連結說明，提供讀者複習與統合，並可利用問題與思考中的議題，進一步有系統的分析，以測驗學習成效。如此設計主要提供教學、應試之用，也適合修習相關課程前後自習。也因本書之方向如此，是以學者若需對論題內容進一步理解，當再尋求相關理論原典，以求完整全面之認識。

目 次

第 1 單元

界定與特質：
文學原理與特質

1. 文學的定義與名實

　　現代所謂文學，已趨向文字創作的藝術，為各學科之一種。現代的文學定義所指為，作者透過審美創造性的想像，以語言文字為表現媒介，並自覺地予以有機組織，作一和諧安排，在達到審美效果的同時，也利用含蓄間接的方式，傳達了作者受特定文化背景、時代環境之影響所蘊含的思想與感情的一門藝術。

　　現有的文學觀念有其發展趨勢，東西方皆如此，主要在於廣義與狹義的文學定義之分辨。以西方而言，廣義的文學是指使用所謂文字的符號來再現或表現心意的產物，此產物是種組合，這種組合未必需要有高雅或美麗的形式。而所謂狹義的文學，專指經過潤飾的藝術的作品，僅適用於被認為是優美的形式以及情感效果之書寫品。[1]

　　中國傳統對文、文學或文章的觀念亦然，先秦到西漢的「文」與「文學」觀念基本上為漢代學術或學問，而非藝術創作。至東漢則開始有區別意識，《後漢書》的〈儒林傳〉與〈文苑傳〉的區分顯現了文之概念由「學術」分化至「文章創作」的層面。

　　進至南朝，對於文所具備的文章藝術更有明顯強調，如梁・蕭統已區分經史諸子文字表現與文學之差異，將文學獨立一門，其《昭明文選・序》的選文主張為，「若其贊論之綜緝辭采，序述之錯比文華，事出於沉思，義歸乎翰藻，故與夫篇什，雜而集

1　王夢鷗，《中國文學理論與實踐》（臺北：里仁書局，2009），頁 7，註 1 引《美國百科全書》。

之。」²既意識到文學創作與其他經典著作之差別，也特別指出此類差異在於思想情感與修辭組織為必要條件，也是文學應有之特性。劉勰《文心雕龍‧總術第四十四》則有文、筆區別，「今之常言，有文有筆，以為無韻者筆也，有韻者文也。」³其中之「文」具有狹義文學意味，也更有精細的認識。梁元帝蕭繹《金樓子‧立言篇下》則更明言，「不便為詩……善為章奏……謂之筆」，「吟詠風謠，流連哀思者，謂之文」，⁴「至如文者，惟須綺縠紛披，宮徵靡曼，脣吻遒會，情靈搖蕩」則已意識到文學類型在形式特徵的差異，其所謂文，應具備音調協律並用以抒情的條件。

　　廣義的文學本文指一切文字書寫品，甚至涵蓋實用的學科。但歷代學科發展與分類之趨於精細後，本包含在廣義文學範圍的學科，如有關法律、經濟、科學等另有劃分，只留下具有美感表現，屬於「詩」的詩詞小說等，⁵此時的「詩」，即是美感與藝術性，不僅有所欲表現的內容，也同時具有形式美感的要求自覺。

2 梁‧蕭統著、唐‧李善註，《昭明文選‧序》（臺北：五南圖書公司，1994），頁5，「若夫姬公之籍，孔父之書，與日月俱懸，鬼神爭奧，孝敬之準式，人倫之師友，豈可重以芟夷，加以剪截？老莊之作，管孟之流，蓋以立意為宗，不以能文為本，今之所撰，又以略諸。若賢人之美辭，忠臣之抗直，謀夫之話，辨士之端，冰釋泉湧，金相玉振，所謂坐狙丘，議稷下，仲連之卻秦軍，食其之下齊國，留侯之發八難，曲逆之吐六奇，蓋乃事美一時，語流千載，概見墳籍，旁出子史，若斯之流，又亦繁博。雖傳之簡牘，而事異篇章，今之所集，亦所不取。至於記事之史，繫年之書，所以褒貶是非，紀別異同，方之篇翰，亦已不同。若其贊論之綜緝辭采，序述之錯比文華，事出於沉思，義歸乎翰藻，故與夫篇什，雜而集之。」
3 梁‧劉勰，《文心雕龍》（臺北：里仁書局，1994）〈總術第四十四〉，頁673。
4 梁‧蕭繹，《金樓子》，見羅愛萍編，《百子全書‧金樓子／劉子》（臺北：黎明文化公司，1996），頁6929。
5 王夢鷗，《中國文學理論與實踐》（臺北：里仁書局，2009），頁7-8、12。

因此可知，現代文學或狹義文學之關鍵特性，無非是形式之優美、潤飾之自覺，藉以表達情感或思想，表現或創作活動並非為實用觀點服務，反而強調表現活動之審美必要性。

　　至於文與文學的名義變換，中國西漢以前，所謂「文」指文章與學問之總稱，東漢後有儒林與文苑之觀念區別，至魏晉又有文學創作的意識，其後學問以「學」代稱，「文」專指文章藝術，至現代，則將「文」與「學」二字連稱，以「文學」二字指文章藝術，無涉其他學術的內涵，其名稱一如法律學、數學、歷史學等稱呼。

 問題與思考

一、現代文學的定義為何？

二、所謂「文字書寫品」，可以有哪幾個層面的分析？

 複習與評量

試連結下列關鍵字並說明彼此關係或意義：

狹義文學

　　　　　廣義文學

　　美的形式

　　　　　　　文字書寫

思想情感

　　　　　　組織安排

　　　　　　　　學術學科

2. 文學起源的關鍵

　　藝術或文學的起源有各種角度的說法，或來自於生活活動之間暇，或出於表現的需要或是宗教祭祀歌舞形式的轉變等，大概有以下幾種主張：

一、藝術如同遊戲說：18 世紀康德《判斷力批判》首創遊戲說，康德認為遊戲是不具功利目的，不具理性概念的自由愉悅的活動，而促進自由藝術的途徑就是在一切勞動強制中解放出來，從勞動轉化為單純的無實用目的之遊戲活動，方有自由愉悅的可能。但康德也強調藝術的社會性，認為遊戲固然不應具有實用目的，但仍促進心靈諸力的陶冶，以達到社會性的傳達作用。[6] 而社會互動的傳達性，也與藝術的特性有所結合。

二、精力過剩說：德國詩人席勒認為藝術和遊戲都是不具實用目的自由活動，而這種活動是精力過剩的表現，「當生命力過剩刺激它活動時，它是在遊戲」，超出目的需求，轉而審美的遊戲，文藝也在滿足人們精神愉快的遊戲活動中產生。[7]

　　究之藝術家之實際創作背景，卻未必是人生餘裕、精力過剩時所產生，人生困頓時往往更有情感反省，更有表達衝動，遊戲只是一時的活動，不像藝術有其持續的感染效果，但二者確實都是不具實用目的自由活動。

6　康德著，宗白華譯，《判斷力批判》（臺北：商務印書館，1964），頁 149-151。

7　席勒，《美育書簡》，華諾文學編譯組，《文學理論資料彙編》（臺北：華諾出版社，1985），頁 7。

三、模仿說：柏拉圖與亞里士多德都以為，人生來就具有模仿本能，而一切藝術創作都是模仿本能的展現。亞里士多德《藝術模仿論》闡明，一切藝術皆不外對大自然及人生的種種現象的模仿。《詩學》也主張，模仿本能是人類異於禽獸的最大條件。

四、生命學習：德國生物學家古魯斯（K.Groos）認為遊戲是對生命工作的準備，遊戲的目的在於把工作要用的活動預先練習嫻熟，所以遊戲是根據普遍的本能根據某種技藝預先練習，模仿也是一種本能，功用和遊戲相似，之後古魯斯補充除了模仿本能的練習外，也有發散感情的本能實現。

五、自我表現：廚川白村以為，文藝是純粹生命的表現，是完全擺脫了外來控制與壓抑，而能以絕對的自由的心境表達個性的唯一世界，而英國詩人艾德華‧卡彭特（E. Carpenter, 1844-1929）也說，藝術的目的，完全在於情感的自我表現。[8]自由心境意味率真，能直接表達情感，不因顧慮而壓抑情感表現。

六、勞動說：希爾斯主張，勞動也是藝術之源，如節奏韻律既可刺激個人勞動加以調整歇息，也可以促進協同的勞動，予以統攝整合，增加勞動效率。如鄭玄注《禮記‧曲禮》：「古人勞役必謳歌，舉大木者呼邪許」即是。[9]在實際勞動中產生和諧規律乃至節奏，同時也產生了藝術之要素。

文學藝術固然與生活實際密切相關，滿足生活所需的前提下，有了藝術講究的自發需求，而這個思考講究，也意味著創作者的反思與客觀思考，亦即由現實實用觀點轉換至客觀獨立的審美活動，此或許可以與藝術起源於「自我表現」的說

8 張健，《文學概論》（臺北：五南圖書公司，1985 再版），頁 17-18。
9 張健，《文學概論》（臺北：五南圖書公司，1985 再版），頁 23。

法相結合，彼此都有意無意產生對美感形式的意識與追求。同時，勞動說強調在工作的過程中藉由藝術韻律節奏促進工作，另一方面，人的勞動也由生活需要進至對於藝術手法的講究，使技藝越趨純熟。

七、客觀化活動的異同

　　創作者有意地進行客觀化思考活動，可說是藝術產生的要素，但檢視同樣具有客觀化活動的遊戲與藝術，二者卻還是有所異同，並非同樣的活動。

　　二者相同處為：都是意象的客觀化，都是在現實世界之外另創「意造世界」；在意造世界時，都兼用創造與模仿，這個意造是一種想像與模仿，一方面沾掛現實，另一方面又要超脫現實；藝術與遊戲也都對於所意造的世界抱持佯信的態度，暫時忘去物我分別，也都是沒有實用目的自由活動，與現實保持某種審美而非實用的距離。

　　至於藝術與遊戲之差別，主要在於藝術強調社會性，亦即作者具有傳達的動機，有表現的需求，需要有欣賞者。而遊戲只有意念、遊戲的材料也只是一種符號，無需精選，參與者彼此佯信、接受即可，但藝術材料要能有象徵意涵，本身也須有自足的內在美感價值，且作者對於作品的材料與形式具有選擇自覺，遊戲只要有表現，藝術則於表現中還有美的形式，故二者不同。[10]

　　文學的起源有各種主張，但基本上朝向從實際生活目的到精神美感講究的要求這樣的方向發展，也就是強調人類對「詩」的形式，是韻律、次序節奏等美感之了解與欣賞，同時也實現了表現衝

10　朱光潛，《文藝心理學》（臺北：臺灣開明書局，1976），頁 195-199。

動，一如《文心雕龍‧明詩第六》：「人稟七情，應物斯感，感物吟志，莫非自然。」〈物色第四十六〉：「是以詩人感物，聯類不窮。流連萬象之際，沉吟視聽之區。寫氣圖貌，既隨物以宛轉；屬采附聲，亦與心而徘徊。」[11] 又如美國心理學家巴爾文以為，人類有一種把自己思想情感加以具體化而表現在外的本能，藝術即由此而生。[12]

　　文學產生之關鍵在於人心反省與美感形式兩大要素，對現實的關注，對表現的主動，使文學在生活現實的苦悶或勞動中得以形成，此一人類活動是超離現實限制，且具有精神表現之自由，同時也呈現人對審美的操作。

 問題與思考

一、分析遊戲與藝術的異同。

二、文學產生與人的精神活動有何關聯？

---

11 梁‧劉勰，《文心雕龍》（臺北：里仁書局，1994），〈明詩第六〉，頁 67，及〈物色第四十六〉，頁 709。

12 張健，《文學概論》（臺北：五南圖書公司，1985 再版），頁 24。

 複習與評量

試連結下列關鍵字並說明彼此關係或意義：

自由活動

自我表現

社會性

藝術

遊戲

模仿

客觀化

3. 文學語言的自足

　　文學的語言不同於日常生活用語，除了作為表達媒介，文學的語言在創作中也展現了相關的藝術效果與表現優勢，語言本身也具有美學目的，有其自足意義。主要有文化性、音樂性、形象性、間接性及無限性等特點。[13]

一、文化性：語言不僅傳達思想和感情，其中也蘊含文化與歷史等內涵。文學不能獨立存在，一定與現實有關，因而也一定帶有時代的文化氛圍，其間也能發現特定的文字符號語彙之運用，如關於歷史的、宗教的或民俗的語言，呈現特定時空的生活氣息或價值氛圍。

二、音樂性：以漢字為例，藉由文字之形體聲韻可組織成韻律節奏，文字因而具有聽覺藝術，也使節奏音韻成為內容的要素，成為美感意象的一部分，於此，文字固然是表達媒介，但不限於只是表達媒介的工具而已，也成為作品內容之有機成分，也能負擔作品審美的功能，也就是文字語言本身即有自足作用。

三、形象性：語言最初是指向實物的，但離開實物，語言就產生引起想像的作用，也就是不僅限於具體的意義，反而更強調其中另具客觀文化學習所產生的形象感受。此時的文字語言所指已非單純指涉特定事物，更是特定事物的相關聯想或隱喻等延伸意涵。

13　徐志平、黃錦珠，《文學概論》（臺北：洪葉文化公司，2011），頁 16-23。

四、間接性：讀者藉文字語言表現所喚起的形象是間接的，欣賞者須運用想像力才能理解。文學語言的間接性也形成文學具有含蓄特性，並決定了文學由具體文字卻是間接地建構其他抽象時空之虛構性。而讀者又因個人條件背景之差異，所能被喚醒的想像結果也所不同，含蓄性因而有創造出各種想像結果的可能。

五、無限性：文字的特性具有高度自由，不受表現時空之侷限，於文學世界中可創造無限大的宇宙，也可深入無限細微的空間。尤其可以穿透人物的情感與思緒，較其他媒介更能細緻且多方地描繪人類的內心世界，也可以形成虛實對照或時空交錯的藝術效果。

因為文學語言文字所具有的藝術性，使作者用以作為傳達符號媒介傳遞訊息外，又因經過作者有意地編織修辭，以其經營創作的理念，安排特定形式加以運用組合，以表達其人思想或情感，此時的文字語言已具有各類修辭現象與創作內涵，本身已具備審美價值，而不是單純的表達工具或媒介而已。

文學語言在不同文類有不同的優勢發揮，如詩歌語言之精煉優美，散文文字可以有條理或精闢，小說尤其發揮文字語言的書寫優勢，不僅用以描繪人事物，也能深刻描述內心思緒活動，也能使故事時空交錯，不受表現時間空間的限制，甚至 1920 年代現代主義思潮影響下的未來主義或存在主義，對於文學有所謂純粹的主張，質疑現實主義之客觀描寫，因為人的知覺與意識並無法客觀，在實際文學表現上，認為詩、小說與戲劇各就其本質特徵來操作組織，如小說或純粹小說只應是可想像的屬於人類精神生活的表白，這些優勢是攝影、戲劇與電影無法做到的，所以應大加發揮，即主張小說應是用語言來描繪精神生活的圖畫。

問題與思考

一、文學語言文字有何特點？

二、文學語言文字較其他藝術媒介的表現優勢為何？

複習與評量

試連結下列關鍵字並說明彼此關係或意義：

日常語言

文學語言

間接性

無限性

自足藝術

媒介工具

虛構

4. 文學語言的魔法

　　文學中的語言以其美感形式表現內容，傳遞訊息，於傳遞及接受的活動中，文字的編織組合可以產生相關的藝術現象。這些藝術表現有賴於傳遞與接收雙方對共有語言系統之基礎認識與文化理解等前提，形式訊息傳遞的同時也有審美表現。

一、訊息契約：象徵

　　象徵是不直接指出某種抽象的觀念、情感，而是藉由理性的關聯，社會的約定俗成，如來自神話、宗教故事或經典典故，從而透過某種意象（具體物質）的媒介（具學習的理性認知），間接加以陳述的表達方式，稱之為「象徵」。如國旗象徵國家，白兔象徵純潔，水象徵贖罪或洗滌等，橄欖枝之象徵和平勝利等。象徵也可以是一種高度的隱喻，一種暗示，基本上，就是以具體事物代抽象概念的表達方式。[14]

二、訊息暗示：隱喻

　　文學在使用語言文字上採取的曲折安排，不直接提供訊息，而是在提供訊息的方式上加以構思組織，使語言符號本身也具有美感價值。《文心雕龍・隱秀第四十》曾提及類似概念：

14　張健，《文學概論》（臺北：五南圖書公司，1985 再版），頁 86。

　　隱也者，文外之重旨者也；秀也者，篇中之獨拔者也。隱以複意爲工，秀以卓絕爲巧：斯乃舊章之懿績，才情之嘉會也。夫隱之爲體，義主文外，祕響傍通，伏采潛發，譬爻象之變互體，川瀆之韞珠玉也。故互體變爻，而化成四象；珠玉潛水，而瀾表方圓。始正而末奇，內明而外潤，使玩之者無窮，味之者不厭矣。[15]

　　所謂「義主文外」，「祕響傍通」，同時強調文也須有秀絕的表現，如此的文字組織必須建立在既有的語言文化學術認知基礎上，除了確保理解之進行，更能使玩之者無窮，味之者不厭也。

　　比喻的修辭是一種意義在字面以外的表達方式，以喻體描述本體，二者性質往往不同，卻放在同一個語境中，不僅僅是說明或對比，而是有意讓熟悉的事物產生新鮮感或陌生感。[16] 如詩人北島作品〈生活〉：「網」，全詩只有一個「網」字，以生活器物「網」延伸為人生處境之體認，詩的理解在於作者與讀者彼此之領會。於此，「網」這個文字，由具體器物的指陳進至「約束」、「桎梏」甚至「牢籠」等各種相衍伸的抽象意義之體會，文字內涵因而擴大深化，具有多層次的理解領略。又如夏宇〈秋天的哀愁〉：「完全不愛了的那人／坐在對面看我／像空的寶特瓶不易回收消滅困難」，由「消滅困難」對應強調不愛卻難以拋開的困擾不耐，此一比喻明白易懂，若比喻的喻體與本體關係並非明確固定，而是開

---

15 梁‧劉勰，《文心雕龍》（臺北：里仁書局，1994），〈隱秀第四十〉，頁621。
16 柯思仁、陳樂，《文學批評關鍵詞：概念‧理論‧中文文本解讀》（臺北：五南圖書公司，2021），頁53-54。

放，甚至隱晦的，如此則需要更多的細讀體會。[17]而作品深意與文字組織之奧妙亦在此。

　　隱喻與象徵相較，象徵可視為是被重複和加強的隱喻，往往只是抽象概念，多層次含意。至於寓言，則可說是放大的隱喻，以一個核心隱喻發展成故事或某一情節，主要文字表現訴諸語言符號之寄寓內涵，而非單純具體形式之指陳。

三、訊息具象：意象

　　意象之「象」本指「畫面」或「圖像」，也是創作者由客觀事物引起獨特的情感，進而創造出的藝術形象，可視為心靈的內在圖像，經過文字語言書寫或其他藝術形式呈現出來的一種相對具體的形態，有如經驗之再生重現，類似圖畫或畫面，且具有特定的情感元素與訊息提示。

　　至於文學的意象，如詩詞之運用文字記號形塑具體事象物象，藉以表情，如李清照〈聲聲慢〉：「梧桐更兼細雨，到黃昏，點點滴滴，這次第，怎一個愁字了得」，將抽象的幽微愁緒藉黃昏細雨滴落在梧桐葉的聲音予以表達，以雨聲滴落的點滴意象，烘托離別的思念蕭瑟心情。在文學的創作中，意象是作者寫作過程中對事物加以組織想像，技巧經營，著力表現的結果，藉此塑造蘊藏豐富的情思內涵提供給讀者。就讀者而言，作者苦心編織的意象符號，是閱讀過程中最吸引目光，最需著力體會之焦點所在。就作品而言，則是凝鍊或聚集多層次意義的語言記號，包含外在形式與內

17　柯思仁、陳樂，《文學批評關鍵詞：概念・理論・中文文本解讀》（臺北：五南圖書公司，2021），頁 57。

容情感的審美價值，而值得注意的是，這樣的表現將視不同讀者而具有釋放多種審美訊息的可能。

 問題與思考

一、象徵與比喻有何差異？

二、意象可以發揮何種藝術效果？

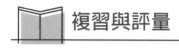

複習與評量

試連結下列關鍵字並說明彼此關係或意義：

文字組織

暗示

隱喻

象徵

傳遞

意象

訊息系統

5. 文學形式的媒介與審美

　　廣義的文學形式為傳達思想情感之手段方法，此類型是具有韻律或結構安排之美感，必須為有機整體平衡，狹義的文學形式則指文學體制，所謂文體，其中包含表達語言的暗示隱喻等修辭風格。[18]

　　文學是以語言文字構成特定的表達形式，特定的文學形式固然具有傳遞的基本功能，但也因為是文學的形式，一如文學的語言，都須與日常應用的方式有所區別，也就是必須具有美的必要性（或說意義），文卻斯德以為，純粹思想之表達較易，而情感之文學則用以暗示，並非直接表達，所以須借助文學的特有形式（如方法、手段技巧等）運用聲調、比喻、篇章、布局、結構等有意地安排，以獲得讀者之理解與共鳴。[19]文學作品以文字的藝術鋪陳獲得讀者的接受欣賞，在實現此一目的的同時，文字的鋪陳也是創作的層面，如此方能確保文學之所以為文學，而非日常文字。

　　有關形式的概念，可包括單純表達媒介工具，以及負擔作品一部分的美感內容，是以，在思考文學的形式與內容之關聯時，必須分別說明：

一、形式作為一種文學的表達手段或方法，為某種框架，如亞里士多德所說，悲劇應有前、中、後，且三者不可相互取代，各自

18　徐志平、黃錦珠，《文學概論》（臺北：洪葉文化公司，2011），第四章〈文學的形式、內容與目的〉，第一節〈文學的形式〉「三、文學形式諸層面」，頁96-108。

19　涂公遂，《文學概論》（臺北：五洲出版公司，1996），頁69。

有其意義因果關係的順序，[20] 即是結構，亦可視為框架，如此的文學形式概念是表達內容的工具。又如「〈靜夜思〉是以五言絕句的形式寫作的詩」，此一例句中的五言絕句所指就是單純的文學形式，與此一形式所承載的「床前明月光」之內容無關。

二、文學形式作為作品一部分的意義形式，[21] 如「〈靜夜思〉是一首五言絕句」，此時的五言絕句是包含「床前明月光」等內容的概念，甚至即是指稱作品的概念，於此，文學的形式不是指工具層面的意思，而是具有指稱作品的意義，也可以藉此解釋何以文學形式有時與內容不可分的現象。

三、形象直覺的形式，克羅奇以為，一切知識只有兩種形式，不是直覺的，便是邏輯的，不是從想像來的，就是從理性來的，知識產生的，不是意象（藝術），就是概念（科學）。此說屬於狹義的文學形式，純美學的觀點。[22]

　　據克羅奇（Benedetto Croce, 1866-1952）的說法，美就是直覺，審美感受在心靈中完成，心靈賦予那些直覺感受或印象一個畫面，在心靈中將雜亂無章的材料予以整理，也就是一種「形式」。（這種形式即為包含內容與形式的意義形式之指稱，或可視為一般所謂具體的作品或藝術品，但克羅奇派美學家強調一切只在心靈完成），克羅奇主張，直覺必須以某一種形式的表現出現，表現其實是直覺不可缺少的一部分 [23]（直覺即是內容與形式的同時表

20　王夢鷗，《中國文學理論與實踐》（臺北：里仁書局，2009），頁 186 註 3 引用亞里士多德《詩學》第十章。

21　龔鵬程，《文學散步》（臺北：臺灣學生書局，2003），頁 83-87。

22　涂公遂，《文學概論》（臺北：五洲出版公司，1996），頁 58。

23　朱光潛，《美學原理》（上海：上海世紀集團，2007），頁 16。

現，所以此表現為意義形式，有如作品），故形式與內容其實是同一不可分的。

　　克羅奇派美學家以為，美感經驗就是形象直覺，此刻是絕緣孤立於實用思考的，心靈活動的美感須伴隨形式才能成立，形式與內容須同時出現，否則只是內心雜亂的想法構思，尚無法稱為藝術或美感，所以形式與內容要同時出現。至於實際世界藝術品所運用的表達方式之形式，只是一種外殼，不在討論範圍內。

　　審美的事實就是形式，重點在心靈直覺，藝術品只是外殼，形式與內容其實是同一不可分的，如果說內容必須是具體化的東西，自然必須有形式來承載，無法獨立，故形式與內容二者不可分。

　　但是，如果將內心的意念、思想與情感這些原始未經組織的心靈片段也當成內容，那就可以與形式分開。這時的形式，是一種結構，只是表達方式，只是傳達工具。如果表達的形式與內容結合，就成為意義的一部分，自然也不能區別形式與內容了。

　　另一方面，如果不根據克羅奇派說法，從文學創作經驗來看，內容與形式也常常不可分，因為內心想法思緒需要透過形式加以綜合整理，才能完成而有意義。內容必須具體化，方能實現傳達目的，自然必須有形式來承載，而無法獨立存在，故形式與內容二者不可分。

問題與思考

一、文學的形式有哪些層次的意義？

二、形象直覺的形式概念為何？

 複習與評量

試連結下列關鍵字並說明彼此關係或意義：

　　　　　　　　　　意義

結構

　　　審美直覺

表現手段

　　　　　　　　　　　美感內容

　　　　具體作品

　　　　　　　　　　　　　　　心靈感受

6. 文學內容的事情思融合

　　文學的內容主要有作者所傳達之題材、思想、情感等。題材為作品所呈現的人事地物等，思想則為作者個人心志、其人對於作品素材之認識觀點並實際呈現於作品，為讀者所感知等層面，而文學情感基本上為真善美三個層面，真屬本質之真，合乎經驗合理性，而善為高尚情操，不拘悲喜，美則是美感的訴求，有其共通性。

一、題材

　　題材是寫作素材經過加工提煉之後，呈現於實際作品中的內容，也就是具體出現在作品裡的人、事、地、物，這些素材經過作者審美想像的作用，才能成為鮮活生動、具體可感的題材。

　　題材可因抒情或敘事作品而有不同取捨，由題材中顯示出來的主導思想傾向即為主題，也與作品主題，甚至與作者創作意圖都有所差異。作者創作意圖與審美表現，亦有待讀者之理解能力而有不同程度之被發現、被理解詮釋。

二、情感

　　文學以文字呈現情感，基本上所有的感情皆可形諸於文字，但其中關鍵是，必須經由客觀化，亦即將實際人事情感予以某種距離進行觀照審視，因此種處理過程而表現出之情感即能形成共鳴，

而非現實粗糙之情緒，此種文學藝術的情感實則為人生的共感與同情。

文學情感的「真」訴諸直覺，真是就作者之生活經驗與精神生活而言，來自真實經歷與精神生活的情感，「真」才是真摯能感動人的，真所指的不是物質之真，或特定事物之真，而是指藝術與精神之真。[24]

雖說文學中的美感不沾實用目的，但文學中的美感仍具有理性層面，「美」有時無法與社會關係脫離，所謂「善」與「不善」其實是訴諸理智的，理性的善與不善，往往在社會關係中形成一種傳統意識，所以美感往往受此支配與影響，多數含有善的成分，亦即高尚情操，如約翰·拉斯金（John Ruskin, 1819-1900）以為，高尚情感有愛、敬、讚美與喜悅及厭惡、憤慨、恐怖與悲哀共八種情感。文學中的美的情感特質是具有持續性的，得以永續領略，此種美感須與審美對象產生相關性、共通性，不只為個人感受。[25]

真善美的價值與可能的變動，隨各種思潮的看法與主張而有所影響，或是因時代空間的變動而有調整，所以藝術品之重點是「化腐朽為神奇的表現（客觀化）」這個本質，不快之事件感受亦能成為具美感的藝術。

至於高尚情感之說，在於這些情感已經過一種提升淨化，並非現實中的喜怒哀樂，而是經過客觀審視、並得以沉澱再予以「客觀化」表達的情感，具有共通共鳴的性質。高尚情感與情感淨化的說法也與悲劇相關，亞里士多德認為悲劇表現優於常人之人生，喜劇劣於常人人生，介於二者則為通俗劇。悲劇人物是莊嚴獨特，是

----

24 涂公遂，《文學概論》（臺北：五洲出版公司，1996），頁98。
25 涂公遂，《文學概論》（臺北：五洲出版公司，1996），頁99。

善的，悲劇以宿命與偶然的死生流轉為對象，悲劇人物引起同情憐憫、傾慕警覺甚至恐怖的情感，因為此一感受的洗滌，人的情感得以淨化昇華。[26]

三、思想

韓德（Theodore W. Hunt, 1844-1930）說，文學是思想經由想像、感情及趣味的書面的表現；它的形式是非專門的，可為一般人所理解並感趣味的。也就是說，思想必須透過感情、想像及趣味這些媒介來表達，文學是用理想的、感奮的、藝術的形式來傳達思想，才能構成文學，如果不是透過這三類媒介來表達，即是哲學或其他科學的思想。韓德之說注重文學所具有的理想感奮與藝術形式，文學的思想必須藉由如此的特殊形式來傳達，否則與一般傳遞學科知識的科學無異。事實上，思想與情感互有關聯，情感可由思想中呈現，而思想也須由情感來表達。[27] 於此，情感顯然是一種構成文學的必要條件，既是思想的基礎，也是思想的表達依據。

 問題與思考

一、情感可透過哪些寫作現象加以傳達？

二、所謂善的情感具有哪些種類與特性？

26　張健，《文學概論》（臺北：五南圖書公司，1985 再版），頁 202。

27　涂公遂，《文學概論》（臺北：五洲出版公司，1996），頁 91。

複習與評量

試連結下列關鍵字並說明彼此關係或意義:

　　　　　思想

情感

　　　　　　　　真善美

　　　　　高尚

　　　　　　　淨化

悲劇

　　　　　　　　　　　題材

7. 文學想像的不同路徑

　　文學的想像具有使實際現實人事轉化成文學藝術內容之作用，使藝術加工的活動更形明確，更加與現實有所差異。作家藉由想像賦予現實人事物美感，成為文學內容的一部分；而讀者亦須經由想像，融入作者的情感之中，方能感受作者所想傳達的思想及情感。

　　文學的想像不同於無意識的涉想或幻想，必須是創作者有系統地自覺地思考，涂公遂根據文卻斯德的說法，將想像分為三類，分別是創造的、聯想的及解釋的想像：[28]

一、創造的想像：作者由經驗所得來的對種種事物的情像，並經過心靈鎔鑄組織之後，造成一個新的事物情象之意境，如小說或戲劇對人物故事之創造。朱光潛以為，創造的想像有理智、情感與潛意識三成分，其中理智成分又可分為「分想」與「聯想」作用，於此的分想、聯想即表示一種自覺，也是有意的取捨思考，而非漫無目標地涉想。同時，就心理機制而言：又可分為反省的，即有意識地創造或心靈活動，以及直覺的，亦即靈感的作用。

二、聯想的想像：將兩事物之情象，就某一共通或相似之處為連結，構成一種新的意象以增加事物原有的表現力，例如詩歌之「比興」、「擬喻」。而聯想想像又分為「類似聯想」、「接近聯想」及「反向聯想」。

28　涂公遂，《文學概論》（臺北：五洲出版公司，1996），頁 105。

1. 類似聯想：由性質或形態類似的事物進行聯想至另一類事物，如《詩經·關雎》「關關雎鳩，在河之洲」，聯想到「窈窕淑女，君子好逑」。或李白的〈登金陵鳳凰臺〉中「總為浮雲能蔽日」，將浮雲遮蔽白日聯想成小人之蒙蔽君王。

2. 接近聯想：兩事物互相聯繫，每當提及其中一事物，腦海中便會出現另一事物。如由菊花想到陶淵明，由黑夜想到星空、明月等。

3. 反向聯想：由某事物的性質起始，聯想至與其相反的一事物，如杜甫〈自京赴奉先縣詠懷五百字〉中「朱門酒肉臭，路有凍死骨」。

三、解釋的想像：作者心靈先認定某價值或意義，藉某一事物情象加以表示，二者彼此本無性質相關，主要為個人經驗或經歷之產物，也就是作者賦予特定事物個人主觀的聯想，有如感懷寄託的表現。如將「蟬」飲露水的特性與士之廉潔高尚加以聯想。

 問題與思考

一、文學情感中的善如何與藝術結合？

二、文學想像有哪些區別？

複習與評量

試連結下列關鍵字並說明彼此關係或意義：

聯想

創造想像

現實

解釋

心理機制

靈感

自覺構思

8. 文學世界的虛實理趣

　　文學世界中之虛構與真實彼此各異，卻又相互運用，文學為加工現實人事物之藝術，既是加工，故成品不可逆，因此，文學作品來自現實，卻不等於現實。

一、抽離現實的審美前提

　　作者創造作品的前提，往往是與現實世界保持一種觀看反思的距離。如蘇軾〈寒食雨〉其二：

　　春江欲入戶，雨勢來不已。小屋如漁舟，濛濛水雲裡。空庖煮寒菜，破竈燒濕葦。那知是寒食，但見烏銜紙。君門深九重，墳墓在萬里。也擬哭途窮，死灰吹不起。

面對寒食清明時節的驟雨，草廬遭水所困，以及空庖破竈的狼狽艱難後，蘇軾聚焦在烏銜紙、君門深、墳萬里的苦悶無奈中，於此，詩人以因現實的刺激，召喚起學養內涵與自身處境的情感思索，以此抽離了艱辛無力的現實，而有向讀者訴求廣泛共鳴的表現，所謂也擬效法阮籍之哭路窮，以及祖墳萬里無力祭掃的困境，都是人情中有心無力的沮喪。

　　蘇軾在實際人生中理解的真實，就是人生的艱難無奈，而這樣的思索，即使讀者沒有相同相似的生活經歷，依然能有共鳴。以共有的途窮典故，交代詩人的思考，也引起讀者的共感，因蘇軾的抽

離現實，保持距離地思考，使粗糙的現實成為產生詩歌依據，得以化艱難為美感。

又如 J.B 葉慈之說，「一切藝術源自對生命的反動，但是生動、偉大的藝術絕不是逃避」。葉慈自傳亦云，「在我們把生命想成悲劇的時候，我們才開始存在」。[29]如此的抽離，是作者的「我」變成另一個他，邀請讀者共同審視共有之情懷與遭遇，在現實中有抽離的精神，而抽離的思考自是來自實際的人生，思考的內容也應是可以引起共鳴的情感，得以成為文學藝術。

二、虛實文本的真實本質

文學語言無法重現事物的真實，都需藉由作者的創造性想像才能完成作品，如此，文學便建構了一個異於現實世界的「第二真實」，也就是想像的真實，超自然的題材亦能加入文學創作的範圍中。強調對現實人事物的觀察反省表現（未必如實反映），而此就是藝術作品，其中所展現的內容不是指涉的實際現實事物，而是合乎真實規律與經驗法則的道理或情感，此為另一種真實，其間具有本質、法則的共通性、合理性，因此能在不同體驗、不同時空的作品題材中，依然能獲得普遍共鳴，也就是即使題材是虛構的，本質是真實的，仍是可以訴諸共同理解的，文學也因此具有價值。

關於「真實」的討論，可再檢視亞里士多德之藝術模仿說，亞里士多德以為，詩人既然是模仿者，所以在下列三種方式中模仿事物：即自然的模仿，照事物本來的樣子去模仿；社會的模仿，照事物為人們所說的樣子去模仿；理想的模仿，照事物應當有的

---

29 吳潛誠，《詩人不撒謊》（臺北：圓神出版社，1988），頁 43、45。

樣子去模仿。[30] 其中亞里士多德最推崇理想的模仿，這是指事物的內在規律，認為藝術應當比現實更美，「畫家所畫的人應比原來的人美」，畫人的面貌時「求其相似而又比原來的人更美」，認為藝術不僅是忠實的模仿，而且還應該將之理想化，如「可然律」與「必然律」，由此可解釋，何以亞里士多德認為，「詩比歷史更真實」。因為歷史是敘述已經發生過的事，而文學是描述可能發生的事，因此，詩比歷史更富於哲學性，更值得認真關注。因為詩所描述的是「普遍的事實」，也許內容是虛構，但所呈現出的是事物的本質或必然之理，或是指整體的社會文化現象，而歷史講述的，則只是個別事件。[31]

三、類推理解的意識

　　錢鍾書《談藝錄》卷六九〈隨園論詩中理語〉也有類似說法：「亞里士多德智過厥師，以為括事見理，籀殊得共；其《談藝》謂史僅記事，而詩可見道，事殊而道共。黑格爾以為事託理成，理因事著，虛實相生，共殊交發，道理融貫跡象，色相流露義理，取此諦以說詩中理趣，大似天造地設。」[32]

　　錢鍾書強調亞里士多德的「詩可見道」之說，所謂色相流露義理，亦即「道」，乃「括事見理，籀殊得共」，虛實相生交融之人生真諦。而文學之理趣、原則當亦如此把握，作品之內容為一層次，其中所呈現的精神或價值則是必須透過理解體會方能獲得。

30　張健，《文學概論》（臺北：五南圖書公司，1985 再版），頁 16。

31　徐志平、黃錦珠，《文學概論》（臺北：洪葉文化公司，2011），頁 52 註 55 轉引亞里士多德、賀拉斯，《詩學》、《詩藝》（北京：九州出版社，2007），頁 35。

32　錢鍾書，《談藝錄》（臺北：書林出版公司，1999）卷六九〈隨園論詩中理語〉，頁 569。

　　錢鍾書所謂「括事見理」之說，其實就是一種理解歸納的認識方式，其〈隨園論詩中理語‧補訂一〉：「所謂若夫理趣，則理寓物中，物包理內，物秉理成，理因物顯。賦物以明理，非取譬於近（Comparison），乃舉例以概（Illustration）也。或則目擊道存，惟我有心，物如能印，內外胥融，心物兩契；舉物即寫心，非罕譬而喻，乃妙合而凝（Embodiment）也。」

　　「舉例以概」則更明顯主張讀者當有歸納概括之態度與意識，所謂「理趣作用，亦不出舉一反三。然所舉者事物，所反者道理，寓意視言情寫景不同。言情寫景，欲說不盡者，如可言外隱涵；理趣則說易盡者，不使篇中顯見。」[33] 文學先天之譬喻的寓言式的本質，往往引導讀領略言外之意，同時也強調，所謂方能獲得作品以外的理趣，也是文學最終的共通價值。

 問題與思考

一、現實抽離在藝術上的重要性為何？

二、據亞里士多德說法，詩的真實所指為何？

33　錢鍾書，《談藝錄》（臺北：書林出版公司，1999），頁 562-563。

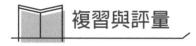 複習與評量

試連結下列關鍵字並說明彼此關係或意義：

　　　　　　虛構

　　　　　　　　　　　　　　真實

本質

　　　　　　　　　　　　抽離反思

　　　　　　　　　　　　　　　第二真實

合理

　　　　　　　　　　理趣

9. 審美經驗與客觀距離

　　康德《判斷力批判》（1970）主張興趣超離（disinterested），認為審美經驗不具實用觀點，當排除一切個人好惡利害、實際效用、倫理道德觀點之影響，只對觀察考察對象之內在形式本質有興趣，也因與實用利害觀點無涉，所以能自由愉悅地進行藝術活動。人的心靈在無拘無束的狀態下自由運作，想像與開創靈感最活躍，最適合從事藝術活動，藝術的獨立性也因此而生，而非附庸，不為其他目的服務。

一、獨立於實用目的之審美經驗

　　所謂興趣超離，則是純以客體對象的內在宗旨、目的（亦即藝術價值）為依據，不參雜個人情感、欲望或觀念等外在因素，因此具有普遍性，不是因人而異的快感，可以作為審美的判斷準則，此種超離興趣的愉悅稱為美感。[34] 朱光潛的「美感經驗」，亦即是審美感受。審美感受是審美主體在觀照自然美或藝術美時的心理內部活動，是一個心理直覺的過程，與形象的直覺同一。朱光潛以為，「審美感受是心、知、物的一種最單純最原始的活動」；在審美感受中，主體以直覺面對對象，直覺的特點正在於只見形象不見意義，具有「最單純最原始」的特點。美感的世界因此是一個單純的意象世界，「注意力的集中」使意象孤立絕緣於實用的利害計算，

34　吳潛誠，《靠岸航行》（臺北：立緒文化公司，1999），頁 181-182。

便是美感的態度的最大特點。[35]其中的「只見形象不見意義」、「單純」、「集中」、「孤立絕緣」等，即是強調審美態度應不受實用或現實觀點干擾影響，否則就不是真的美感經驗了。

二、美感經驗需要的審視距離

朱光潛從藝術活動領域來闡述有關審美心理距離問題，「偶然之間，我們也間或像叔本華說的，丟開尋常看待事物的方法，見出事物的不平常的一面」、「這種陡然的發現，像一種靈感或天啟，其實不過是由於暫時脫開實用生活的約束，把事物擺在適當的距離之外去觀賞罷了」，藝術欣賞需要有這樣的前提。同樣的，藝術作品之創作者，也應該具有審視的「距離」，藉由這樣的創作與欣賞態度所得的結果，方能成為一種在現實世界中不可能找到現成原型的東西，從而使人從實際生活的牽絆中解放出來。如此的審視距離得以與現實脫離，進行純粹美感的審視，無論是藝術創造或欣賞，才有實現的可能。

朱光潛《詩論》認為，詩的情趣都是從沉靜中回味得來，詩人既能沉醉到至深的情感中，之後又能冷靜地客觀的將那樣的情感當作審美形象，於此，在對象和自我感受中形成了觀看沉思的距離。朱光潛強調「主觀的經驗須經過客觀化而成意象，才可表現於藝術」，當主觀感受能安置於一定的心理距離之外，成為獨立自足、孤立絕緣的形象時，才適用於審美主體的直覺和藝術的表現，「客觀化」其實就是「距離化」，是審美直覺的前提。

---

35 朱光潛，《文藝心理學》（臺北：臺灣開明書局，1976），頁33。

三、客觀化對藝術形成的關鍵作用

　　如此的「客觀化」、「距離化」，或可運用解決「文學目的是否影響價值」的疑慮，文學目的可分被動與主動兩種，前者受制於現實需要，後者則有其主動的創作需要，又可分為為己或為人之作，但主動或被動並非影響成就之因素，創作之前的目的可能是功利的，但創作進行中並不適合功利思想。

　　但若能認清文學審美的本質，此應為作品成功的關鍵因素，無論創作目的是被動或主動，只要把握住表現的審美特質，強調創作過程之客觀審視距離與美感要求，則皆不妨害其藝術成就。無論文學是為心靈的或為社會的，為功利的或為藝術的，都有可能達到形式和諧統一、內容真善美的境地，其中表現自覺與藝術成就當為決定優劣之依據。

　　雖然心理距離可以促成審美直覺的進行，但在實際過程中，僅僅有審美的心理距離還無法解決這樣的難題：在審美感受（直覺）中，主體既要從實際生活中跳脫出來，又不能脫盡實際生活；一方面要客觀化，另方面又要主觀化；主觀和客觀在審美過程中要完全統一，就必須消除「我」與「物」的分別。此時就有賴「移情作用」加以解決，以達到物我合一的狀態。

 問題與思考

一、客觀化在藝術創作上有何重要性？

二、藝術與遊戲之差別為何？

 複習與評量

試連結下列關鍵字並說明彼此關係或意義：

客觀化

實用目的

美感經驗

心理距離

藝術本質

意造世界

孤立絕緣

10. 抒情文字的凝鍊

　　抒情文類包含詩與散文。詩為最精煉的語言，具有藝術價值的文學作品。富有韻律、充滿想像，表現詩人之創造、趣味、思想、情感與洞察等。散文為形式及內容最自由之文學類型，著重個人個性之表現，不強調情節或內容完整。訴諸情感或理性，可用以書寫歷史、講演或隨筆、雜記等文體。[36]

一、承載與凝聚意義

　　詩歌因篇幅字數限制，往往利用文字構成意象，以展現深刻集中的情感，充分表現文字凝聚的多層意涵。所謂意象，「意」大致指意念、意蘊，「象」指經過意念、意蘊點染的物象；「意象即表意之象、寓意之象、見意之象」。如《周易·繫辭》之「觀物取象」、「立象以盡意」。王弼《周易略例·明象》云：「夫象者，出意者也；言者，明象者也。盡意莫若象，盡象莫若言。言生於象，故可尋言以觀象；象生於意，故可尋象以觀意。意以象盡，象以言著。」其中「意」為抽象意念、情思，而「象」為具體承載意念的符號。意象是主體賦予客觀事物以生命和情感，將主觀情思與客觀形象融為一體形成自足的審美符號。

　　由此認識詩歌意象，可以分為兩層次：一是抽象內在，無形不可見的感知情思意念，二是透過語言記號所勾勒，具體再現的物象、事象、景象。詩歌意象是作者用以表達情思的事物，是一種經

---

36 張健，《文學概論》（臺北：五南圖書公司，1985 再版），頁 115、165。

過組織安排的精煉語言表現，於作品中釋放闡明意義，啓發讀者。而讀者透過這些精煉的文字表現形式，對於其中所要呈現的意涵加以知解體會，並同時欣賞意象構成的美感特徵。

意象與意境有別，意境為作者塑造之情境以表現其情感，較意象範圍為大。意境是指詩人的主觀情意與客觀物象相互交融而形成的一種藝術境界或審美境界，「詩者，其文章之蘊邪！義得而言喪，故微而難能。境生於象外，故精而寡和。千里之繆，不容秋毫。非有的然之姿，可使戶曉。必俟知者，然後鼓行於時。」[37] 境之所以能超乎象，在於欣賞者的心靈活動，能於「客觀物象」所形成的審美表現中，於領略意象之美外，還能體會意象昇華所形成的深度。也就是說，意象是作品中的藝術符號表現，屬於作品的單位，而意境則是藉由作者與讀者的心靈活動，依據意象這樣的藝術表現或單位，進一步形成審美的範圍之擴大與深化，因此，意境較意象範圍大。

二、表達方式的多重操作

至於意象表達方式，則有直接、間接與繼起三類。[38]

直接傳達為直接敘述，不使用譬喻，有緊縮與放大兩種表現方式，緊縮描寫如王維〈過香積寺〉之「泉聲咽危石，日色冷青松」，「咽」字描寫水勢受阻，也同時表現水聲低微；而「冷」則分別描繪夕陽幽微，以及薄暮寒冷的觸覺，於此，「咽」與「冷」不僅有詞性的變化，也同時負擔兩種意義，且使有限篇幅的詩句凝

---

37 劉禹錫，〈董氏武陵集序〉，收於清・董誥輯，《全唐文》（北京：中華書局，1983）卷 605。

38 見王夢鷗，《中國文學理論與實踐》（臺北：里仁書局，2009）第十二章至第十五章。

聚了多元的意涵。放大則是針對某意象再次強調，如賀鑄〈青玉案〉「試問閑愁都幾許？一川煙草，滿城風絮，梅子黃時雨」，即以三種景緻次第地描繪內心細微愁思，並提供更多更深刻的意境體會。

間接傳達是借用類似性質的其他物質來表示原意象，亦即比喻或隱喻，甚至也可能原意象省略，只有譬喻之呈現。如李煜〈虞美人〉之「問君能有幾多愁？恰似一江春水向東流」，即以充沛春水形容憂思之深，難以消解。

繼起意象可使原意象更加明晰，對於原有譬喻語再度進行勾勒，一層一層衍伸，最終仍為原意象服務，如漢代古詩「安知非日月，弦望自有時」，先以日月尤其偏於月亮的意象說明分離的兩人，但如此尚無法完整表現出具體內涵，所以再加上弦望有時的說明，以表示終有相見之時，有如月之圓缺是可以預期的。又如李煜的〈清平樂〉之「離恨恰如春草，更行更遠還生」。本以茂盛春草形容離愁，但若僅止於春草，似無法充分說明不斷湧顯的離情，於是再根據春草的繁生特性加以形容，以「更行更遠還生」說明芳草不斷，也說明離愁隨著分別日久而與日俱增。

文學語言可說是藝術的編織結果，以不同於日常用語的表達方式，形塑出可感的審美形式，除了傳遞作家情思，文字本身的排列組合所形成的樣式，既是美感的表現，也有審美的價值，可見文學語言不僅是可知解的，也是提供想像的。

問題與思考

一、詩歌意象的傳遞方式有哪些？

二、抒情敘事是否有共通點？

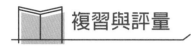 複習與評量

試連結下列關鍵字並說明彼此關係或意義：

　　　　　詩歌意象

　　　　　　　　　　意

象

　　　　　　　　　　　　意境

　　　抒情

　　　　　　　　　　　　　理性

傳遞層次

11. 敘事文字的搬演

　　敘事文類包含小說與戲劇，主要在於陳述人物事件之發展，小說以文字表達，用以閱讀，戲劇則以舞臺為空間，訴諸動態表演，然二者有其共通元素。

一、人物

　　人物又稱性格、角色等，不一定是人類，動植物亦能為主體，有主要人物（處於中心地位）與次要人物（配角）之別，主角重要性自不待言，然配角同樣具有關鍵或烘托的作用。二者一樣重要。

　　小說戲劇的人物常以各種方法（如命名、事件、情節或言語）來凸顯，人物性格則可藉由事件加以強調或補充，一方面可強化形象，另一方面，也可能藉由事件行動之差異性，使其性格因此生動立體，符合真實人性，如《西遊記》的孫悟空，「孫」代表其原為猴子，悟空則有未來命運甚至故事主旨的意涵，取經前大鬧天宮最終被如來佛壓制在五指山下，這些稱呼或事件，也有烘托塑造性格思想的作用，而關於人物性格之變化，則可以藉由情節發展而有所變化參差，如此的描寫更符合實際人情，使人物形象性格更加趨於完整立體，而非單一性表現，更具說服力，更有藝術張力，也較能獲致共鳴。

　　人物性格除了以稱呼、名號或隨身配件如武器等，以烘托其性格或凸顯命運外，與他人之對話或內心獨白亦能描寫性格，因小說

利用文字書寫,故具有描寫人物內在想法的優勢,不僅在於外表舉止之描繪。

二、場景

場景又稱配景、環境,是小說人物活動空間中的氣候、景物、建築、道具等元素,場景不僅是提供故事發展的舞臺,有時也等於人物性格與命運的間接描寫,提供未來情節的預告或暗示,也可烘托或渲染人物之形象或作為之氣氛,強調人物情感,成為人物性格之象徵物或暗示隱喻。《西遊記》中描繪神魔妖怪處所往往是取經五眾與神魔打鬥的場景,同時,在文字鋪陳中也多半提示此類處所主人的性格或來歷,使場景不僅具有提供人物行動、情節發展的空間外展的功能外,也能同時提供故事主題風貌或人物命運性格之烘托強調。又如季節氣候的安排,也是提供故事發展的因素,如《水滸傳》林沖因隆冬大雪而到山神廟取暖,反而讓其逃過危機,也獲知他人之欲加害,終而讓林沖有所行動,從而被逼上梁山。因此,場景的作用並非消極提供故事發展的空間,而是有推動情節發展或訴求的關鍵作用。

三、情節

「情節」一詞本為亞里士多德用作悲劇之構造體,也適用於敘事詩。亞里士多德《詩學》第十章提到,複雜的情節,是依轉變與發現來移動主人公的命運,而二者乃因情節構造而起,使前因後果成為必然的可能。[39] 近代以為,小說及戲劇中,依據時間程序布

---

39 王夢鷗,《中國文學理論與實踐》(臺北:里仁書局,2009),頁 186 註 3 引用亞里士多德《詩學》第十章。

置前後動作之因果的敘述，便是情節。以故事為基礎發展，雖敘述事件，但重點不在事件的時間因素，而是因果關係。提供故事內容與人物形象之線索。[40] 福斯特（Edward Morgan Forster, 1879-1970）《小說面面觀》認為，故事是依照時間順序安排的事件的敘述，情節也是事件的敘述，但這敘述重點在於因果關係。[41] 如《三國演義》是基於三國史實記載如《三國志》、《通鑑綱目》等進行創作，強調的是史實人事變化之因果關係，而非紀年體陳述，尤其於因果關係之強調上，有虛構增飾的段落，如對於關羽之死另增得道皈依的情節，且此一情節與過五關斬六將的事件予以連結，從中可見作者之安排自覺。

　　至於敘事時序，則是藉由情節安排所顯現的時序，可分為：順敘、倒敘、從中開始。小說一般可分為起、中、終三階段，若小說一開始說出前因，再說明後果，即為順序；若先說出事件結果，再追溯事件之前因，即為倒敘；至於小說從其中某一事件作為開始，此一事件屬於故事中的某一片斷，便是從中開始的敘事法。[42]

四、衝突

　　衝突（或說糾紛），是由大略相等的兩種力量抗衡而成，具有動與反動的作用，因為兩方力量之相當，故可形成拉扯與張力，糾紛之愈益嚴重時，即是「加力」，然而高潮可能只是平常的動作，

40　王夢鷗，《中國文學理論與實踐》（臺北：里仁書局，2009），頁 185 註 1 引用亞里士多德《詩學》第十章悲劇的情節，又於第十四章以為敘事詩的情節如同悲劇。

41　福斯特（Edward Morgan Forster）著，李文彬譯，《小說面面觀》（臺北：志文出版社，1986）第五章〈情節〉，頁 75。

42　徐志平、黃錦珠，《文學概論》（臺北：洪葉文化公司，2011），頁 227。

未必是明顯的僵持或行為，但此動作因來自前面注意力累積而增高，而成為被注意的頂點。值得注意的是，衝突漸次累積後就形成高潮，高潮是注意力的極致與心理上之緊張，而非結局。如《紅樓夢》中，寶玉與其父賈政在科考仕宦的歧異，屢有糾紛爭執，另一衝突是賈府對寶玉婚姻的期待與安排，也與寶黛之情有所分歧，這些持續且偶有張力的分歧於情節發展中吸引讀者關注，同時藉由人事更迭，終須趨於解決，一是寶玉的赴考，另一是與寶釵成親。就悲劇轉變的概念而言，悲劇包含代表阿波羅之神的理性邏輯與酒神戴奧尼斯的狂歡情感宣洩，衝突的表現，正顯示這樣的現象，人與外在壓力抵抗對立，即是理性的呈現，結果的失敗或妥協，也讓人因此感到悲哀憐憫。

五、小說與戲劇的表現異同

小說與戲劇同為敘事文類，但彼此仍有表現之異同，小說是以文字描寫，紙張為舞臺，以閱讀為主，語言較穩定。而戲劇則是動作的模仿，有固定的場所，以觀看為主，使用的語言較口語，情節也較小說集中。

小說可借文字表達人物的精神生活，戲劇則較無此優勢，必須仰賴旁白或暗場等技巧。小說運用文字表現，因此也具有書寫的優勢，既可使情節之鋪陳描寫不受限於時空，不限於場面大小，不拘時間久暫，也能穿透人物內心世界進行描繪敘述，讀者之閱讀也不受限於實際表演時間空間，故小說之表現形式具有較多的自由。

另一方面，小說與戲劇固然都是敘事文類，但敘事中也有抒情的表達。二者都是以敘述事件為重點，但當作家以語言文字表達時，無論是間接或直接，其中總有一個要表達的「意義」，也就是

某種情感或主張，此往往藉由某件事物的記述來呈現，藉事抒情或托物言情，又因為表達情感的目的，所以也影響敘事的策略與情節安排。

 問題與思考

一、何謂敘事文類中的人物？與場景有何關聯？

二、何謂衝突與高潮？

 複習與評量

試連結下列關鍵字並說明彼此關係或意義：

場景

命運

人物

情節

因果關係

衝突

高潮

第 2 單元

反思與匯流：
文學風格與思潮

12. 文學風格定義與類型

　　風格一詞具有操作表現的概念，如亞里士多德認為，修辭即是風格，修辭，也意味著對語言文字的操作安排等思考。而文學風格，是作家創作個性在作品的明顯表現，且是透過內容和形式的有機統一所表現出來的獨具藝術特色，此種特色會反覆出現在一個作家的一系列作品中，成為主導風格，且必須具有獨特性和某一程度的穩定性。

　　文學風格是由作者的個性與人格所形成的，即包含其人的生活總和及文學修養。美國約翰巴勒斯（John Burroughs, April 3, 1837-March 29, 1921）之說，以為理解作者的人格、見解外，其人的作品風格在於作家之操作文學材料的方式。除了關注其中的文學材料，也要同時關注此一文學作品之所以吸引人，在於作者對那些材料進行何種的處理法，作者從中注入某種程度的獨特性或魔力，也才使文學之所以為文學。作家以何種方式處理文學材料，運用哪些文學技巧，都具有作家如何思考、如何運用的因素，是以此種處理行為，為其風格之呈現。[1]

一、崇高與優美

　　崇高與優美是與人類關係最密切，也是最早感受到的審美經驗。崇高之經驗感受來自人與自然處於對立狀態，此時的自然力量依然大於人所能抗衡之程度，但威脅已較趨緩，因此，人對於自然

1　轉引自涂公遂，《文學概論》（臺北：五洲出版公司，1996），頁 218-219。

的感受也由恐懼變為景仰、讚嘆，並激起昂揚意志力，崇高也稱為壯美。而優美則是人與自然已然和平共處，屬於平衡、和諧，無壓迫感的狀態，人可以平等親近地對待自然，進入所謂無我之境，與自然沒有隔閡。

二、諷刺與怪誕

諷刺本為一種藝術手法或寫作目的，常採用委婉、誇張或反諷等方式進行批判責備，同時甚至產生幽默可笑的效果。當大量的諷刺手法出現在一部作品時，或整部作品都是以諷刺為寫作目的時，運用的比例程度明顯涵蓋，就可說是諷刺風格。至於怪誕之名，本指 1480 年左右考古學家發現的羅馬暴君尼祿（Nero）黃金壁畫，其中半人類半植物野獸混合的裝置藝術，稱為怪誕作品。基本上是由醜惡和滑稽兩種成分的不協調構成，因而產生既可怕又可笑的效果，現代文學中，表現的非理性之作，亦有怪誕風格。[2]

三、文學流派

本屬於個人的文學風格，如果發展擴大，演進成為一群人在一個時代或傳統之下的作風，或是糅合文學以外的某種學術文化而成為某一種文學理論或風氣，這種情形就是所謂的文學派別。[3]

劉介民《比較文學方法論》將文學思潮定義為，在一定歷史時期內，隨著經濟變革和政治鬥爭的發展而在文藝上形成的某種思

---

2 第二及第三參見徐志平、黃錦珠，《文學概論》（臺北：洪葉文化公司，2011），頁 139-140，149-150。

3 涂公遂，《文學概論》（臺北：五洲出版公司，1996），頁 227。

想傾向和潮流。在有階級的社會裡，文藝思潮往往與一定時期的社會思潮、政治思潮等具有不同程度的聯繫。如歐洲十六至十七世紀的古典主義，十八世紀末至十九世紀初的浪漫主義；批判現實主義等。在同一文藝思潮影響下，又有多種文藝傾向和流派。[4]劉安海、孫文憲《文學理論》以為，一定社會歷史運動或時代變革的推動下，一些政治文化思想相近、創作主張和審美追求相似的作家，會共同形成帶有廣泛社會傾向性的文學運動或潮流。[5]

　　可見文藝思潮的形成都不免具有時代背景因素，包含政治、社會、經濟或文化等變遷或思潮，都可能影響當時作家的藝術主張，並形成某種程度的意見之集體合流，呈現了某一時期作家的觀察與反思，而潮流彼此亦不斷在進行與被檢視，或被批判或被另一個潮流所取代，同一個思潮下也可能發展成不同取向的支派，而各有著重點，由此以見文藝潮流之發展動態趨向，隨時反映特定時代作家之思想與反省，以及嘗試。

 問題與思考

一、如何看待作者人格與作品風格？

二、文藝思潮應如何看待？

4　劉介民，《比較文學方法論》（臺北：時報文化公司，1990），頁570。
5　劉安海、孫文憲主編，《文學理論》（武漢：華中師大學出版社，1999），頁230。

複習與評量

試連結下列關鍵字並說明彼此關係或意義：

創作個性

　　　　　　　　　　作家人格

　　　　　藝術特色

　　　系列操作

　　　　　　　　重複

　　　流派形成

　　　　　　　　　　　時勢因素

13. 古典主義的莊嚴理性

　　古典主義（Classicism）是西洋自文藝復興到十八世紀的文學主流，十七世紀最甚，出現於中世紀後的歐洲，是啟蒙時代、理性時代以及部分現代主義思想所提倡的概念，這樣的概念以擬古為中心，在藝術上認同古希臘及古羅馬的古典時代文化，有意模仿古希臘羅馬文學。Classic 在不同時代所指的也是不同的文學，如羅馬時代的 Classic 是指希臘作品，在文藝復興時期則意指羅馬、希臘文學，尤重羅馬文學。十八世紀後，法國十七世紀的文學亦被當作模仿對象。基本精神都是模擬古代之形式與價值，尊崇規範與格律之美。

　　此時期的法國笛卡爾（René Descartes, 1596-1650）《論巴爾札克書簡》以為，藝術的美主要在於合乎理性的文辭，須講究委婉、含蓄文雅的修辭表現，力求整體與部分的和諧。古典主義著重優美的形式，注意勻整、統一及明晰三原則，堅實內容與莊嚴目的，提倡理性道德，崇尚典雅沉靜、完善的風格。所以並不重視個人表現，反而是壓抑自我，著重說理載道，自我情感表現則屬次要，所重視的，是客觀的共通性，模式規律之平衡，題材之正向符合規範，以此為共通遵循的依據，並不強調人性所具有的蓬勃力量。主要提倡者尚有包瓦洛（Boileau, 1636-1711）及伏爾泰（Voltaire, 1694-1778）等。[6]

6　張健，《文學概論》（臺北：五南圖書公司，1985 再版），頁 207-208。

　　「三一律」為古典主義對戲劇的具體主張。此一規範從亞里士多德開始即存在，在十七世紀左右也成為法國劇作家公認的法則，所謂「三一律」即指，在一地點，在一天中，只有一件事在進行，才是遵從理性法則的戲劇，包括時間、地點、行為的統一，行為的統一也叫做「結構的統一」，人物行動採取迅速途徑進行，沒有枝節，優點是明確、單純、集中，有次序感。缺點則是過於刻板，未必適合所有題材。

　　由此可見，講究次序、和諧，崇尚理性、一致的古典主義顯然影響了創作的自由與作家個性展現，其後的浪漫主義也以尊重自主個性的主張加以批判。

 問題與思考

一、古典主義的特點為何？

二、古典主義之古典所指為何？

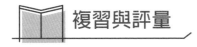 複習與評量

試連結下列關鍵字並說明彼此關係或意義：

復古

形式和諧

規律

理性

典雅

個人

委婉

14. 浪漫主義的自主追尋

　　浪漫主義基本上有兩種意義，一為文藝創作手法或風格，一為文藝思潮。前者強調以個人情感表現對於外在世界的熱情，且多使用誇張瑰麗的手法。而文藝思潮的浪漫主義（Romanticism）則開始於 18 世紀末，盛於 1800 至 1850 年間，對第一次工業革命、啟蒙時代社會政治規範和科學理性的反思而產生，於法國大革命後盛行於歐洲，其後遍及歐美的大規模的藝術、文學及文化運動。浪漫文學的特質可以「解脫」二字概括，解脫了文學規格化的束縛，也解脫人性的束縛。[7]

　　浪漫主義是對古典主義的一種擯棄反動，反對古典主義之保守因襲，尊重個人精神自由，反對模仿；古典主義重視文字雕琢技巧，內容不免空洞，浪漫主義則注重內容，有意突破形式之侷限桎梏。古典主義強調理性冷靜，注重原則，浪漫主義則主張熱情理想，發揮高度想像力，強調主觀情感、奇特元素、回到自然，並讚頌過去、憧憬中世紀、重視中古民間文學與語言，反對擬古主張，對科學和工業也抱持懷疑態度，而是重視個人情感、個人主義，提倡自然天性，發揮想像力。事實上，即使是作為文學表現手法的浪漫主義亦然，強調的是熱情奔放、誇張瑰麗的表現方式，重視想像力與自主性。

　　浪漫主義文學的創作依據一般以為是表現理論，重視個人想像體驗，另一理論來源是德國席勒所主張的人之「欲力」有關，其

7 蔡源煌，《從浪漫主義到後現代主義：文學術語新詮》（臺北：書林出版公司，2015），頁 3。

中形式欲力得以製造出美的形式，以超越塵世的變幻。如此的主張顯見對人之主體性與能力具有明顯的自信與期待。當時受新柏拉圖思想影響，詩人將形式（Form）當成溝通現象界與理念的媒介，以為掌握美的形式，方能找到永恆。[8] 如此的宣揚推動個人自主表現，其後形成相關藝術表現脫離現實之現象，終而有現實主義起而質疑。

 問題與思考

一、浪漫主義的特點為何？

二、浪漫主義對形式的看法為何？

8 蔡源煌，《從浪漫主義到後現代主義：文學術語新詮》（臺北：書林出版公司，2015），頁 9。

複習與評量

試連結下列關鍵字並說明彼此關係或意義：

想像熱情

　　　　　　　　誇張

　　　　瑰麗

　　　　　　　　　　　中世紀民間文學

　　　　　　　　　　反復古

自我

　　　　　　規範

15. 現實主義的日常典型

　　現實主義具有兩種意義，既是文藝創作手法與風格，也是文藝思潮之一。前者訴求如實冷靜反映客觀事實，力求精確刻畫典型人物，而屬於文藝思潮的現實主義，或稱寫實主義（Realism），則是十九世紀三十年代後取代浪漫主義的潮流。狄更斯（Charles John Huffam Dickens, 1812-1870）、果戈里（Nikolay Vasilevich Gogol, 1809-1852）、巴爾札克（Honoré de Balzac, 1799-1850）、托爾斯泰（Leo Tolstoy, 1828-1910）及福樓拜（Gustave Flaubert, 1821-1880）為其中重要作家，如福樓拜主張「寫作最重要的是找到適切的字」，主要精神在於強調寫作之精確真切。[9]所謂的「適切」、「精確」，也宣示了現實主義對現實的觀察態度與表現結果。

　　現實主義強調冷靜客觀的文風，也就是這個派別主張的客觀性。反對浪漫主義之個人色彩，所以主張極力克制主觀情感，尤其強調應揭露社會黑暗的現實。也不同於古典主義之說理載道或擬古用典之抹滅個人色彩，而是力求人生之實相，注重寫作精煉，反對理想化。

　　現實主義注重形象的典型性和概括性，對於現實生活的反映，並不是直接複製模仿，也非日常細節描寫，而是於事物表層中加以選擇、提煉、概括、加工，達到藝術的真實，呈現形象的典型性。即使是作為一種表現手法的現實主義亦然，強調的是，從具體

9　張健，《文學概論》（臺北：五南圖書公司，1985 再版），頁 212。

現象中，創造出具有代表的人事物之普遍性、典型性，而非現象的粗糙面貌之列舉呈現，所以尋求的是概括本質，要求所表現的，既是獨特藝術表現，也應遵循現世的經驗法則，具有共通性。

自然主義（Naturalism）是現實主義之更一步發展，但對於現實生活的反映方式不同，自然主義主張有如照相似地機械模仿抄襲現實日常，熱衷實際細節描寫，但此種描寫未具提煉加工的過程，反而有意地如實呈現，描寫只停留在事物表層，有意將實際面貌不加雕琢呈現。甚至將現代科學方法應用於文藝上，左拉（Émile Zola, 1840-1902）為代表作家，其作品展現實驗歸納而後再創作的方法，具機械的人生觀，強調遺傳影響，對社會問題悲觀，充滿慾望與病態描寫。[10]

同屬對於現實的關注，現實主義與自然主義的「自然」或現實有所不同，由寫作策略可見，自然主義是庸俗的自然，是將現實各種現象不加修飾地呈現臚列，而現實主義是透過典型化的刻畫描繪，訴求由日常現實現象中提煉概括出具有內在必然性的真實自然，亦即來自人事物所塑造的典型形象或本質。

 問題與思考

一、說明現實主義的典型性？

二、現實主義所謂的真實與自然主義之真實有否區別？

10　張健，《文學概論》（臺北：五南圖書公司，1985 再版），頁 214。

複習與評量

試連結下列關鍵字並說明彼此關係或意義：

客觀描寫

社會實像

典型性

文字精確

形象代表

概括

日常

16. 魔幻現實主義的真實

　　魔幻現實主義（Magical Realism）兼具現代主義與現實主義的特色，二者同樣強調故事性、人物形象、情節結構等現實主義精神，題材多是現實的，但手法卻是魔幻的，因為這個魔幻乃是指人內心思緒的主觀狀況，並標榜個人主觀意識的理解與敘述，因此具有現代主義強調的內心思緒，明顯呈現神祕迷離色彩，以及超自然力量，形成一種撲朔迷離的新現實。

　　智利批評家因培特以為，魔幻現實主義文學是以魔幻書寫現實，而不是把魔幻當成現實來表現，魔幻只是手法，不是目的。然馬奎斯（Gabriel García Márquez, 1927-2014）卻以為，看似魔幻的東西，實則拉丁美洲的現實，其他讀者認為神奇的事情，對我們而言都是每天的現實。[11]

　　魔幻現實主義文學的語言具有區域色彩，廣泛使用拉丁美洲各國、各民族、各階層使用的語言，包括俚俗的方言土語。也常使用誇張的修辭，筆墨鮮明濃重，渲染氣氛，製造奇境。[12] 魔幻現實主義要表現的，是融合現實與幻境，如人與鬼魂之對話互動，以凸顯所謂夢幻感與真實感交相滲透的實像，這種手法偏重於現實的感知與扭曲之探討，也常涉及人在時間進程中遊幻的經驗，藉由忽而過去忽而未來的不確定性與混亂無序，凸顯人之記憶往往會隨時間沖淡而遺忘或變形。

11　徐志平、黃錦珠，《文學概論》（臺北：洪葉文化公司，2011），頁 184-185，及頁 185 註 63 引用馬爾克斯著、朱景冬等譯，《兩百年的孤獨》（昆明：雲南人民出版社，1997）之附錄。

12　徐志平、黃錦珠，《文學概論》（臺北：洪葉文化公司，2011），頁 185。

魔幻現實主義不似現實主義肯定人具有客觀的觀察力，因此，魔幻現實主義與現實主義的客觀現實不同，是鎔鑄主觀及客觀於一爐的魔幻後之現實。在技巧上，魔幻現實作家也實踐這種主客觀融合的現象，偏愛「小說中的小說」的寫法，小說的敘事框架中另有小說，也藉此暗示這些設計安排正鋪陳了小說實際成形的過程，現實與想像互相參雜，這些手法多承襲超現實主義而來，實際上也具有了現代主義的特徵，即強調人之想像力對觀察外在事物的影響，所以並非如客觀冷靜之描寫，也未必遵循寫作敘事常規，而是嘗試恢復個人想像力在文學創作的重要性，故著重描寫心靈世界，以及內在世界與外在世界之對應與融合。[13]

 問題與思考

一、魔幻現實主義的現實與現實主義有何差異？

二、魔幻現實主義是否注重主觀意識？

13 蔡源煌，《從浪漫主義到後現代主義：文學術語新詮》（臺北：書林出版公司，2015），頁 164、166。

 複習與評量

試連結下列關鍵字並說明彼此關係或意義：

現實

魔幻

現代主義

詭麗

超自然

心靈世界

誇飾

17. 現代主義的思緒實境

　　一般認為十九世紀後期法國象徵主義是現代主義的先聲，至二十世紀初的舊文化衰微，種種歷史巨變，傳統價值面臨崩潰，另一方面卻也是新的時代的開始，新的藝術觀念逐漸形成。

　　現代主義傾向是一種國際性現象，經歷了一系列藝術運動，藉由空間或不同的意識層面去操作，追求一種暗喻或形式邏輯。不同於現實主義或自然主義，是建立在歷史時間的順序或人物角色的演化次序上。[14] 現代主義質疑現實主義「文學反映現實」之主張，以為所有反映都是人的主觀認定，文學並無法反映現實，尤其身處世代的巨變，現代工業文明產生之後，社會多變，人們生活失序，無所適從，理性無存，只能憑直覺感知，何以能客觀去反映現實，所以文學只能表現特定人物的內在世界。

　　因此，現代主義文學強調人之主觀印象感受、無意識感受及非理性，反映世界的紊亂與傳統價值的崩潰，因此也不免對秩序有所懷念，也強調個人意識，往往藉由神祕象徵而非模仿／再現去建構自己的想像世界，正視潛意識的探討，呈現個人潛意識與社會行為規範的落差，亦即對現實主義、自然主義之反動。

　　現代主義文學也多描繪都市中疏離的個人，事實上群眾也是寂寞的，描寫在畸形的社會中被扭曲的個人與社會或他人之對立或病症，如溝通困難、寂寞、無聊、空虛等，同時聚焦人性之卑微、罪惡。寫作模式不同以往，又喜用神話作為參考架構，同時還有歷史

14　吳潛誠，《靠岸航行》（臺北：立緒文化公司，1999），頁 40-42。

之斷裂感與延續感，也不放棄宗教般贖罪救人類的使命，但表現上多怪誕、失序、意識流、打破時空觀念，展現一種無邏輯無秩序的自動書寫，認為這些才是當世的實像。表達技巧講究實驗創新，造成語文表現的曖昧與複雜性，視神祕難解為好作品之當然條件。[15]

 問題與思考

一、現代主義如何看待內心世界

二、現代主義對客觀描述的看法為何？

---

15 吳潛誠，《靠岸航行》（臺北：立緒文化公司，1999），頁 72-73。

試連結下列關鍵字並說明彼此關係或意義：

內在思緒

　　　　　　　　混亂

　　　　失序

　　　　　　　　　　反映現實

質疑

　　　　　　　暗喻

　　　　　　　　　　　　時空

18. 現代主義支派的強化

　　後期象徵主義與表現為現代主義後期支派，更趨於特定的表現手法與相關主張，基本上仍著重人之精神世界，以及與外在環境互動下所產生的諸多問題與困境。

一、象徵詩學的多重隱喻

　　象徵主義始於法國詩人波特萊爾（Charles Pierre Baudelaire, 1821-1867），其詩集《惡之華》（Les Fleurs du mal）為象徵主義奠基之作，藉由象徵手法，以具體事物暗示其所欲表達的意思，二十世紀二十至四十年代的後期象徵主義，更刻意強調意象化、普遍化、哲理化的象徵，代表作家及作品有法國瓦雷里（Paul Valéry, 1871-1945）〈海濱墓園〉（Le cimetière marin）、英國艾略特（Thomas Stearns Eliot, 1888-1965）〈荒原〉（The Waste Land）及葉慈（William Butler Yeats, 1865-1939）〈航向拜占庭〉（Sailing to Byzantium）、〈基督重臨〉（The Second Coming）等。當時的詩人以為，既然無法完整具體地呈現社會各種病態，只能探求事物背後的因素並表現自己內心的憂慮，故多以暗示手法來實現這樣的目標。[16]

　　如葉慈〈基督重臨〉作於第一次世界大戰結束後的 1919 年，出版於 1920 年，以詩中的紊亂及暴力，反映當時愛爾蘭境內的災禍，以及戰後歐洲的情況，詩歌主要意象為錐鏇（gyre）與獵鷹（Turnig and turning in the widening gyre / The falcon cannot

16　徐志平、黃錦珠，《文學概論》（臺北：洪葉文化公司，2011），頁 161-162。

hear the falconer），也就是次序與運行，錐鏇（或說漩流），可說是歷史的循環，每隔兩千年即為反方向律動的循環所取代，從巴比倫到希臘羅馬文明是一個循環、從耶穌開始又是另一個循環，而當其後又將有另一個反方向律，會是如何的光景？（Surely some revelation is at hand; / Surely the Second Coming is at hand. / The Second Coming! Hardly are those words out/ That twenty centuries of stony sleep / Were vexed to nightmare by a rocking cradle）如此的疑惑也正意味著當世之人對於世代變換的茫然無力感與無所適從。

　　錐鏇也可以形容獵鷹的飛翔，也可以指人類文明或世界的現狀，但如詩中所謂「事物崩裂，中心已不能把持」，中心崩解的同時，人心也失去安定，詩中獵鷹盤旋飛行的漩渦愈來愈大，聽不見主人使喚，一如世界之失序紊亂，維繫文明的力量無法再掌握世界，而暴力的血水氾濫，淹沒代表秩序與文明之胚芽的「純真儀式」，（Things fall apart; the centre cannot hold / Mere anarchy is loosed upon the world / The blood-dimmed tide is loosed, and everywhere / The ceremony of innocence is drowned）之後是否有一番新的救贖，並無法得知，所以充斥著疑慮憂心。葉慈刻意模仿神諭（And what rough beast, / its hour come round at last, / Slouches towards Bethlehem to be born?）詩歌中充滿宗教色彩，以模糊詩之旨意，以期獲致普遍性的暗示，詩歌第二部分以具體怪獸形象說明人的集體潛意識之恐懼或夢魘，結尾並朝向開放式的「粗野的畜生，往伯利恆投胎」預言，未提供具體明確的解答，這也是現代主義文學的主要特徵之一。[17]

17　吳潛誠，《靠岸航行》（臺北：立緒文化公司，1999），頁 44-49。徐志平、黃錦珠，《文學概論》（臺北：洪葉文化公司，2011），161-162。

艾略特〈荒原〉則強調失去信仰的現代文明之精神貧瘠，有若荒原。詩中關於現代人與現代生活的一切，無非是瑣碎、卑微、醜陋、沮喪，了無生機空虛無助，詩中充斥乾旱和衰頹的象徵，並大量參照援用或戲擬神話傳說傳統象徵、歷史與古典文學，以古今對照產生反諷效果。全詩的結構與片段間，並無轉折串接，故批評家以為，具有精彩而呈現萬花筒風貌的混亂，營造出引人深思的氛圍、抒情張力與追尋永恆的完美樂園，而之所以追求嚮往樂園，乃是對於當時社會現象憂心，認為大眾都有精神荒原的共同處境，也是詩人著意要表現之處。[18]

二、表現主義的主觀色彩

1913 年表現主義確立，二十至三十年代為流行期，詩歌小說與戲劇都有作品，代表作家有卡夫卡、美國奧尼爾及史特林堡等。「表現」相對於「再現」，「再現」是反映對象的客觀真實，「表現」則在於呈現作者的主觀感受，表現藝術偏向直接表達藝術家的情感體驗和審美理想，往往採取誇張、激情、扭曲變形的手法，盡可能去呈現心靈對於現實世界之感觸，那種感觸往往是失序無力的，無法直接敘述的，所要描繪的是觸動心靈眼睛的色彩線條，是作家感受到的現象，而非看到的現實。主要特徵有 1. 反對描寫外部現實，如人物沒具體姓名與身分，2. 反對模仿外部現實，強調個人主觀感受，如危機感、無力感或孤獨感等，3. 多用象徵夢幻等藝術手法，非直抒胸臆，而是利用獨白、旁白，或藉助道具動作等，強調視覺取向的表現。[19]

18 吳潛誠，《靠岸航行》（臺北：立緒文化公司，1999），頁 49-61。
19 徐志平、黃錦珠，《文學概論》（臺北：洪葉文化公司，2011），頁 167-168。

 問題與思考

一、現代主義有何特徵？

二、表現主義有哪些表現手法？

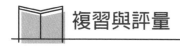 複習與評量

試連結下列關鍵字並說明彼此關係或意義：

憂慮

具體呈現

主觀感受

再現

表現

真實

暗示

第 3 單元

意念與言語：
文學批評與理論

19. 文學批評與創作的差異

　　廣義的文學批評包含各種文學理論與文學創作，狹義的文學批評則指相對於作者及作品之欣賞者之意見。文學批評活動未必一定是客觀的活動，就像文學創作中，作者有主觀的意象構造，文學批評也有批評者之主觀依據，即使是文選派或注釋派之標榜客觀，但顯然相關的選文標準或訓詁觀點，都可呈現出個人意見或流派主張，所以也是一種主觀的表現，主觀的批評。

一、文學批評的特質

　　文學批評往往是在創作之後，有作品才能進行批評的活動。當然，批評的結果也可能影響之後的創作發展。創作有如訴說夢境，而批評則是與作家共同入夢，於夢醒之後再回顧分析夢境。因此，批評家所要表述的對象，不同於創作者也不同於欣賞者，創作者是將所感所思表達於語言，欣賞者則依語言的暗示去追蹤還原可領略可感受的內容，於此，二者都還未有知的活動，都還是有如一同入夢分享夢境而已，至於批評家的工作，則是於夢醒後分析夢境，三者所處理的材料、所面對的思考方向都有差異，也都分別牽涉個人教養經驗等背景因素而有不同的表現、理解與分析結果。[1]

　　文學批評根據的材料是實際的作品，即使那些作品是經由作者之虛構想像而成，但畢竟是實際的材料，文學批評固然是一種理性

1　王夢鷗，《中國文學理論與實踐》（臺北：里仁書局，2009），頁 204。

的判斷，但最終仍是在作者的想像虛構文字的基礎之上，在一定的文本上去尋求文學的特質，這特質也就是無關實用的文學價值。文學的批評是一種由感動欣賞，進而分析理解的活動，是先「感」而後「知」的理解活動，但值得注意的是，在「知」的理性批評所獲得的結果，往往又回到文學價值的「感」的層面。

二、批評的終極目標

以中國文學批評而言，大致有兩個層次：第一層是分析意象之生動表現，要求有最適當的修辭方法或巧妙的隱喻作用，第二層則是更要在生動的意象中尋求一種超乎現實目的的情感與經驗，是屬於純粹的審美情感，或即所謂「樂而不淫」、「哀而不傷」、「怨而不怒」的空寂、哀愁或愉悅，這是不屬於現實的實用心境，也迥異於一般實用的語言，於此，可再以藝術即是表現來思考，文學的表現不在那言語修辭，而是應關注作家為求與其意念相通而苦心進行言辭安排的自覺活動上，也是藝術純粹性之關鍵。[2]那樣的自覺藝術操作，以及超離現實的客觀審視態度，屬於藝術創作的自覺，決定了藝術與現實的差距，以及藝術家與平凡眾人的差別。

在審美目的上，作家與批評家所尋求的目標是相同的，都是作品的純粹性，及不具實用目的的美感經驗。作者透過意象（情）藉由譬喻（物）表示，批評者所要尋求的，也是作品所蘊含的審美感受，亦即於藝術形式之中找出作家的情志，此時，譬喻本身（作品的具體美感呈現）不是批評或創作的終極目的，所呈現的意象也不是（至此都只是作品藝術表象或手法），伴隨著譬喻本身（也就

2　王夢鷗，《中國文學理論與實踐》（臺北：里仁書局，2009），頁 237-238。

是作品具體美感呈現）與意象所衍生的感情領略才是所謂「味外之旨」，[3] 才是批評與創作要追求的純粹「美」的情感。

　　創作欣賞與批評活動皆於作品文本之外，另求某種真理或本質或價值之展現，此可視為某種言外之意，亦即文學作品的最終追求，在文字修辭組織架構的分析領略之外，另思考這些美感形式所反映所傳遞或暗示的訊息，也就是需要最終的歸納理解，如此概念已經超越虛構意象或想像等修辭藝術層次，而是尋求這些藝術表象所蘊含所暗示之純粹的、不沾實用功能的內涵，也就是文學藝術終極的共賞與共鳴價值。

　　司空圖論詩「重辨味」，他在〈與李生論詩書〉裡說：「江嶺之南，凡足資於適口者，若醯非不酸也，止於酸而已。若醝非不鹹也，止於鹹而已。中華之人所以充饑而遽輟者，知其鹹酸之外，醇美者有所乏耳。」[4] 此說意識到酸鹹味覺之外的品味領略，也就是對於酸鹹之感的進一步感受，更有品味的價值。又如其詩歌理論所強調，「思與境偕」，「象外之象」、「景外之景」以及「韻外之致」、「味外之旨」，都是一樣的主張，不僅要感受作品文字意象之美，更必須思考此類審美意象所反映的、所延伸的感受與藝術，方為真正的審美之終極目標，元‧揭傒斯《詩法正宗》以為，「唐司空圖教人學詩，須識味外味。坡公常舉以為名言，……若學陶、王、韋、柳等詩，則當於平淡中求真味。」[5] 謂「學詩須識味外味」，如此的理解期待與結果，才是真正臻於審美感受之境，這並

3　王夢鷗，《中國文學理論與實踐》（臺北：里仁書局，2009），頁 230。

4　唐‧司空圖，〈與李生論詩書〉，《司空表聖文集‧卷二》，《四庫全書‧集部二‧別集類一》。

5　元‧揭傒斯，《詩法正宗》，《續修四庫全書‧集部‧詩文評類》第 1694 冊，（上海：上海古籍出版社，2005），頁 524。

非具體文字藝術所能涵蓋，而是於具體文字上所隱含的美感內容，也是文學異於其他學科之所在。

 問題與思考

一、文學批評的主觀與客觀？

二、文學批評與創作所尋求的目標是否相同？其內容為何？

複習與評量

試連結下列關鍵字並說明彼此關係或意義：

作品

　　　　　欣賞者

　　　　　　　　批評者

　　　態度

　　　　　　　文學理論

純粹性

　　　　　　　　　　　主觀

俄國形式主義的陌生化

　　俄國形式主義（Formalism）的發端是與二十世紀初的俄國政治局勢有關，1917 年布爾什維克革命前的俄國，貴族奢靡，百姓卻飢寒交迫，史科洛夫斯基以為人心麻木，凡事趨於自動化的理解，未能有細心專注的思考，政治上要拯救世人，唯有推翻不合理制度，於文學上，則在德國索緒爾語言學的影響下，著重語言的形式與結構之刻意布置，力求新的藝術形式，以喚起人們之認知關注，以期恢復對世界的感受，尤其主張，應藉由創新語言形式的創作策略，恢復文學的生命。

　　因此，俄國形式主義主張，文學應獨立於創作者和欣賞者，甚至生活之外，與政治、道德、宗教等各種意識形態都應無關，文本作為一個獨立的被審視的對象。應探討的，是文學作品結構內部規律，以及使文學之所以為文學的條件。而所謂「文學性」首於在詩的語言，語音、重複、對稱等形式本身即有意義，並非是媒介或工具。這樣的主張，顯然是以為，藝術即在於操作材料的手法，藝術即手法，由此方能使人感覺到事物，感覺的時間與力道都達到最大程度，以擺脫自動化生活。

陌生化

　　俄國形式主義主張的藝術手法，即是刻意將事物予以「陌生化」表現，以強化所見所聞的感知能力，而非僅是所知。而「反常」與「陌生」的方式正可以延長強化感知活動，因為表現方式有違習見常規，而容易引起好奇與關注，是以藉由語言運用之象

徵、錯位、對稱、節奏、重複等有意操作手法，賦予事物新的名稱
與意義，以改正當時生活言行之自動化與麻木不仁。[6]例如杜甫〈秋
興〉八首之八的「香稻啄餘鸚鵡粒，碧梧棲老鳳凰枝」詩句使用倒
裝，將平凡無奇的「鸚鵡啄餘香稻粒，鳳凰棲老碧梧枝」刻意顛
倒原有的詞性順序，形塑新奇的表達效果，又同為杜甫詩作〈旅夜
書懷〉，其中「名豈文章著，官應老病休」之句，實為「豈文章著
名」或「文章豈著名」與「老病應休官」或「老病官應休」之重新
排列，如此的刻意調整文字語言之文法與表達順序，使讀者先有疑
惑，並專注閱讀，進而重整，除理解意義外，也對詩句表現有了深
刻印象。

　　值得注意的是，文學用語有其自足表現，也能藉由作者各種組
合，賦予創新或更廣泛的認識內涵，但語言的發展也有新陳代謝的
規律，亦即藉由語言文字之組成變化，刻意組織、顛倒反常，使語
言之認識從陳腔濫調到新奇有趣，但此種新奇認識一旦使用日趨頻
繁，熟習意義之後，又將再變成另一陳腔濫調，之後當再有另一新
變創造，方能再次新奇有趣，此也是促成文學發展之一因。

 問題與思考

一、俄國形式主義對語言形式表現的主張為何？

二、陌生化有何具體表現？

6　徐志平、黃錦珠，《文學概論》（臺北：洪葉文化公司，2011），頁 251-252。

 複習與評量

試連結下列關鍵字並說明彼此關係或意義：

語言

麻木

自動化

陌生化

象徵

倒裝

陳腔濫調

21. 新批評的細讀封閉文本

　　英美新批評理論（New Critism）於二十世紀二十年代在英國發端，三十年代在美國形成，並於四五十年代在美國廣泛流行。理論的開拓者則為英國詩人艾略特（T.S.Eliot）和英國語言學家瑞恰茲（I.A.Richards）。TS 艾略特以為，批評「應從詩人轉向詩」，「從作家轉向作品」。1941 年，英國美學家休姆（T.E.Hulme）、約翰克勞藍賽姆（John Crowe Ransom, 1888-1974）發表研究論著新批評，使此理論獲得正名。

　　新批評以為，意義只產生於文本的白紙黑字（the word on the page），如其中的象徵、比喻等，分析其中可能的含混、反諷等，應避免作品之外的作者心理動機、生平、自傳時代環境等外緣為參照所形成的先見閱讀。主張作品的本體性，把文學作品當作自主性的實體，注意作品本身內在結構，即是文本自足性（self-sufficiency），認為文學作品的語言是獨立自足，認為作品中的詞彙往往不是單指某一事物，而是帶有相關的聯想，以形成作品中的張力（或說統合力），新批評關注詞彙的具體指涉與延伸聯想這兩者彼此的互動與權衡。新批評的關注焦點在於文本的分析解讀，有意排除作者生平或歷史環境等外圍因素之干擾，主張文本細讀（close reading），即是指研讀作品時，應分析研究文本的象徵、形象、隱喻或反諷等表現「形式」來理解作品，也就是聚焦作品之語言結構的分析。

　　以細讀中國樂府詩〈飲馬長城窟行〉的「枯桑知天風，海水知天之寒；入門各自媚，誰肯相與言」詩句為例，首先專注於「知」

的分析，枯桑、海水竟亦有知覺，顯然是擬人修辭，且其中的「知」是「尚知」或是「不知」，與「入門各自媚，誰肯相與言」又因此具有某種比喻或對照的作用。又分析這四句於整首詩歌中所發揮的作用，其承接「他鄉各異縣，輾轉不相見」之後，又開啓「客從遠方來，遺我雙鯉魚」等句子，乍看突兀，但藉由「枯桑知天風，海水知天寒」塑造詩歌的意象，使此詩因而有了隱喻效果，這類分析獨立於詩歌作者或時代環境因素之外思考，僅就文本加以分析文字間彼此意義與關係，而不涉及外圍因素。

　　新批評主張文本中的語言表現與外在的真實世界無關，作品以外的世界自無須考慮，且作者不是唯一的見證人，作品內在意義自有其表現。所謂作品的意義，由作品所顯示、讀者發現為限，以求文本訊息之正確完整傳達，避免意圖謬誤與感應謬誤。[7]如此的看法及要求，實與俄國形式主義相同，都是一種關注聚焦文本及與語言表現的形式主義。

 問題與思考

一、新批評如何看待作品與細讀？

二、新批評認為作品中的詞彙之指涉與延伸有何作用？

7　參見蔡源煌，《從浪漫主義到後現代主義：文學術語新詮》（臺北：書林出版公司，2015），頁 108。吳潛誠，《詩人不撒謊》（臺北：圓神出版社，1988），頁 125-127。柯思仁、陳樂，《文學批評關鍵詞：概念‧理論‧中文文本解讀》（臺北：五南圖書公司，2021），頁 43。徐志平、黃錦珠，《文學概論》（臺北：洪葉文化公司，2011），頁 253。

複習與評量

試連結下列關鍵字並說明彼此關係或意義：

　　　　　　　　　　　　　　　　　　細讀

文本

　　　　　　　　意圖謬誤

　　　　　　　　　　　　真實世界

　　　　語言表現

　　　　　　　　　　聯想

　　　　　　　　　　　詞彙

結構主義的符號系統互動

　　結構主義（Structuralism）可說是一種思考模式，認為各種現象之所以有意義，在於其背後系統之支持與決定，而非現象本身有自足的意涵。結構主義的理論基礎是瑞士語言學家索緒爾的《語言學教程》。索緒爾將語言視為一種「符號系統」，其中的「言語」，指的是具體使用的詞彙，而「語言潛力」，是能說話的條件，並且指出「意符」與「意指」間，即語言的符號與其所代表的意義間，彼此關係是武斷的，約定俗成的。索緒爾認為，語言是一種相互依存的項目之體系，其中各項目的價值純粹由其它同時並存之項目之存在而形成。也就是語言系統是決定言語意義之基礎。

一、語言支撐言語的表意

　　結構主義認為，文學本質就是一種語言結構，目標在探究語言的文學用法背後的基本運作原理，其基本觀念也都建立在語言分析的模式上。任何語言都需在其所參與形成的整體結構下才有意義。而語言既是自足封閉系統，所以文學研究應考慮，如何透過重構而使意義變得可能，如同探討語言符號的意義，也必須尋找支配的語言體系的基本原理才有可能。所有言語在於整體語言規範秩序下才有意義，而言語紛陳，唯有語系才可見同質性，所以文學研究的對象必須由現象轉移到支配現象的結構。[8]也就是文學研究必須考量，

8　本單元主要參照吳潛誠，〈文學研究的新世界：以結構主義為例〉，見《詩人不撒謊》（臺北：圓神出版社，1988），頁 97-100，並另補充改寫。

是否能確保言語傳遞的前提，也就是語言系統結構，而非現象本身，因為若無法確保語言系統結構，則各種稱謂與所賦予的意義將無法成立，言語現象自然也無所謂現象了。

　　同樣的，結構主義把作品當作純粹的符徵體系，也不考慮作者因素，以為符徵作用在於體系下方能構成，所以要注意的，是符號間的互動關係，而非符號與外在關係之互動，既否定作品有指涉反映功能，也否定作品在於傳達作者意圖。如羅蘭巴特（Roland Barthes, 1915-1980）以為，文學作品是語言符號間之互動關係，不是作者在講話。就是將研究焦點放在語言系統的互動變化上，文學作品也非作者之創作，而是語言系統下的言語互動表現之結果。

二、比喻及隱喻的共時組合

　　又雅克慎（Roman Jakobson, 1896-1982）以為，文學研究必須從整體文學著眼，考慮「文學之所以為文學的特性」，而非某個具體作品。[9]聚焦使文學得以成為文字的特性所在，可以語言的歷時性（寫作過程的比喻運用）與共時性（以比喻完成的作品與讀者共享的隱喻）之組合加以看待。以中國古典詩李白的「浮雲遊子意，落日故人情」詩句為例，浮雲之不定與遊子之離別遠行具有相似性，而送別故人的眷戀之情有如緩慢西下的夕陽，浮雲與遊子、落日與故人，彼此可見相似性，即比喻，而以比喻所完成的詩歌與讀者共享的，即是詩中的隱喻，如此的歷時性、共時性或縱組合或橫組合的結合，即展現了詩意。

9　轉引自胡經之主編，《西方文藝理論名著教程》（北京：北京大學出版社，1989）下冊，頁242。

又如《詩經‧魏風‧碩鼠》「碩鼠碩鼠，無食我黍，三歲貫女，莫我肯顧」詩句，其中「碩鼠」比喻未實際說出的、剝削百姓的管理者或說君王，以「食黍」、「莫我肯顧」譏刺未說出的重斂，即忽略民生的情事，詩句文字間彼此具有比喻關係，即所謂語言之縱組合，是歷時性的結果，而這歷時性組合成的整體詩句即構成隱喻，也就是橫組合，所謂語言共時性的表現。而結構主義要強調的，是背後支持這個共時性理解的語言系統甚至文化系統，基於這個基礎，換喻隱喻的效果才能展現，並被讀者接收到。

一如傅萊爾（Northrop Frye, 1912-1991）所提倡，把個別文學作品看作「整個組織原則的部分」，「詩只能從別的詩創造出來」，文句所以能成為詩篇，是該語言傳統裡有某些公認的規範、原理存在，它是在考量與其它詩作的關係以及閱讀的預期模式而寫下來的。這樣的書寫表現也看出語言作為言語的支持系統，以及言語與言語彼此的互動關係，在結構主義看來，這就是文學現象的實質。

 問題與思考

一、語言與記錄符號的關係為何是武斷性的？

二、結構主義所認為的文學特性，所指為何？

複習與評量

試連結下列關鍵字並說明彼此關係或意義：

語言符號

所指

能指

換喻

隱喻

歷時

共時

23. 結構主義的小說敘事分析

　　結構主義的思考觀點影響了小說的敘事學（Narratology）之發展，為系統化、具有操作性之文學實用理論。此種分析角度不只適用於小說，實際上超越了文類限制，適用於各種敘事文本。

　　結構主義學者熱奈特（Gérard Genette, 1930-2018）對於敘事文之研究主要有幾項論點：

一、敘事時間之參差

　　敘事文涉及兩個時間：其一是故事時間，其二為敷演（或閱讀）的時間。這兩層不同的「時間」造成事件的次序（order）、久暫（duration）以及疏密（frequence）等三方面之差異。[10]「次序」為事件發生的前後與敷演呈現的前後差異之比較；「久暫」為事件時間長短與實際敷演時間多寡之比較；「疏密」則是事件發生的次數與敷演該事件的次數之比較。

二、敘事觀點之錯綜

　　敘事觀點為意識焦點的聚焦法（focalization），可分為：全知觀點、限知觀點、客觀觀點，熱奈特依視野和限制程度分視角為 1. 非聚焦：即第三人稱全知全能角度，這樣的全知觀點無一定

10　高辛勇，《形名學與敘事理論：結構主義的小說分析法》（臺北：聯經出版公司，1987），頁 158。

焦點之敘述，敘述者處在故事以外，如上帝般無所不知。2. 內聚焦：指事件嚴格依照一個或數個人物的感受和意識來呈現，這是限制的觀點，以故事某人物之意識為焦點，為有限眼界，此類焦點可永遠集中於一人，也可以於一、二人之間交替，甚或多元化，以及 3. 外聚焦：為戲劇式，僅提供人物外表行動客觀環境，不涉及人物內心世界。客觀的觀點近於攝影式客觀紀錄，不帶特殊主觀意識。

全知觀點的敘述者非故事中人物，具完全的透視與預知能力，對故事了然於心，可以隨時跳躍切換穿插評論，不受拘束地總括式敘述。客觀觀點與全知觀點的觀看位置其實相同，皆在故事之外，但客觀觀點敘述限於人物之外部活動行為，不涉及內心世界，不能進入人物內心，只能選擇是否記錄或記錄的角度。至於限知觀點人物，則未必參與故事進行，也無法越界進入他人意識，但可以有內心想法。[11]

三、敘事方式的變換

敘事方式（mode）指故事內容透過何種方式表達或呈現，包含間介（distance）與視角（perspective），「間介」指故事實際呈現方式與敷演方式之異同，可溯至柏拉圖的「轉述性」記事（diegesis）呈現與「直接的」模仿（mimesis）呈現，英美傳統則多以描述（telling）與搬演（showing）觀念以區分。[12]

11　柯思仁、陳樂，《文學批評關鍵詞：概念‧理論‧中文文本解讀》（臺北：五南圖書公司，2021），頁 69-70。

12　高辛勇，《形名學與敘事理論：結構主義的小說分析法》（臺北：聯經出版公司，1987），頁 162-163。

四、敘事聲音的多重

　　敘事文聲音（voice）指的是敘述行為與所記事件之間的關係。聲音來源可能是故事層中的當事人，也可能是敘述層中的敘述人。聲音也牽涉受訊人的問題，而受訊人與讀者有所區別，一如敘述者未必等同作者。[13] 整個文本即是在包含實際作者、隱含作者、敘述者、隱藏讀者與實際讀者等多重框架與聲音中加以呈現。

 問題與思考

一、分析敘事之聲音？

二、比較客觀觀點與限知觀點之差異。

13　高辛勇，《形名學與敘事理論：結構主義的小說分析法》（臺北：聯經出版公司，1987），頁 165。

複習與評量

試連結下列關鍵字並說明彼此關係或意義：

　　　　　　　視角

敘述人

　　　　　　　　　　限知觀點

　　　　　　敘事時間

　　　　　　　　　　敷演

敘事聲音

　　　　　　　　　　客觀觀點

現象學批評的還原與意向

　　現象學（Phenomenology）關注的是人的意向認知，也就是觀察事物實不可避免地總具有特定的認識偏好取向，也因這種取向，決定了事物之所以為何種事物。德國哲學家胡賽爾提出要暫時拋棄「自然態度」，所謂客體不應被當成事物本身看待，而是意識所「意想」的結果，而意識也非孤立或封閉的，我們的意識總是「指向」某一客體，也就是總在聽、在看、在想某一事物。此一被稱為意向性的概念，即胡賽爾哲學之中心思想。[14]

一、認識意向決定的事物

　　既然現象學以為，事物是意向決定的結果，所以主張所謂的還原（reduction），也就是在不因個人先見意識的影響下，不損其「本意」或「原貌」的情況下，回到事物本身最純粹的「現象」，力求這個「現象」不是先入為主、事先的假定，而是能回到事物本身，即所謂的「懸置」或予以括號的「某個狀態或樣貌」（因為事物純粹的現象無法呈現，只能以括號懸置，它是存在的，但難以完全不受意識先見之影響）。

　　就因不先入為主的假定認識，這種還原作用才會使對象、對象之本質及對象之一切特徵，更清晰呈現出來。在這種無偏好取向下，作為意象的對象這些事物，是沒有任何消損的，是所謂純粹

14　徐志平、黃錦珠，《文學概論》（臺北：洪葉文化公司，2011），頁 280。

的。對胡賽爾而言，回到事物本身，就是好好地把握統合主體與對象間的意向性聯繫。[15]

對現象學而言，作者也是現象，呈現於讀者面前。作者存在於作品中，作品以外的作者資料只是一種實況，卻非作品本身的真實。這個想像中的作者，才是作者的真實，才是作品的形象中的作者，不同於作品以外那位作者，所謂作家，是指作品中所呈現的作家，非實人物。作品是作者的化身，載有作者之喜憂署名，作品指定它的作者，但作者是誰？亦即是，讀者先消解對作者的實況認知，方能對作品進行意向性的閱讀，方能有還原作品的可能。[16]

二、作為符徵需要閱讀實現的作品

至於作品之真實，其實是寄於作品之意義中。現象學以為，一切現象都具有意義，作者說話，目的是要說出一些東西，而作品的價值即在於其言說能力，但這些無須以是否合乎真假尺度加以衡量，作品之真實，恆在於說出這種意義。同時，意義也隨之發生轉化，它在文辭之上形成，而不是透過（穿越）文辭方能理解，作為這現象之本質，意義就在那裡，凝附於文辭之中，即表象（單純物質指涉）外也有表達（內在於語言之中，作品之形式結構中的意義），每一次的閱讀都是作品帶給我們滿足和挫折的側面，所以表象的對象（作品本身）因此變成附屬於所表達的內容，作品變成符

15 杜夫潤（Mikel Dufrenne）著、岑溢成譯註，〈文學批評與現象學〉，收於鄭樹森編，《現象學與文學批評》（臺北：東大圖書公司，2009），頁 55-56、60。

16 杜夫潤（Mikel Dufrenne）著、岑溢成譯註，〈文學批評與現象學〉，收於鄭樹森編，《現象學與文學批評》（臺北：東大圖書公司，2009），頁 61-65 及羅曼英加登著、陳燕谷等譯，《對文學的藝術作品的認識》（臺北：商鼎文化出版社，1991），〈第一章對文學的藝術作品認識的初級階段〉，頁 17-40。

象（symbole），[17] 而不是意義本身，作品變成只是因意向認知的不同而能不斷產生不同意義的文本。

　　現象學主張，向批評家展示的作品有兩特點：作品是供人閱讀，是文字寫成的，作品是待人閱讀的，讀者之朗誦翻閱，方賦予作品生命，否則只是一種沉滯混濛的存在。其中的意義，在意識賦予實現之前，也只是停留在一種潛能狀態。如羅曼英加登（Roman Ingarden, 1893-1970）以為，文學作品是他律的，等待主體的活動使它實現。又區分作品之四層次：實質的符號、文詞的意義、表現的事物與想像的目標，這四個層次，各有一些意識活動與之相應，而這些意識所組成的系統，則構成閱讀。閱讀即具體化作品的生成，使作品成為真正的作品，成為美的事物，成為與活潑的意識相對相聯的事物。讀者批評家使作品真正存在，於此，他們與作者合作，卻又與作者對敵，似乎由作者手中奪去作品。

　　文學作品的世界並非某種客觀事實，乃是個別主體實際組織而體驗過的現實，故典型現象學批評焦點在於作者體驗時間或空間之方式，在自我與他人，或與對物質客體感知二者間之關係。

 問題與思考

一、現象學主張的意向選擇為何？

二、如何說明現象學的還原一詞？

17　杜夫潤（Mikel Dufrenne）著、岑溢成譯註，〈文學批評與現象學〉，收於鄭樹森編，《現象學與文學批評》（臺北：東大圖書公司，2009），頁 66-68。

複習與評量

試連結下列關鍵字並說明彼此關係或意義：

　　　　　　　　還原

本質

　　　　　　　　　　　意向性

　　　　客觀事實

　　　　　　　　　　主體感知

符號

　　　　　　　　　　　意義

25. 讀者反應理論的召喚啓動

　　詮釋學（Hermeneutics）在德國發展成接受美學（Reception-Aesthetic）或接受理論（Acceptance Theory），在英美則發展為讀者反應理論（Reader Response Theory）。讀者反應理論重新認識讀者的性質，不僅是接受者，也是存在於文本結構中，有時甚至決定著作之存在與生產。伽達爾默（Gadamer, 1900-2002）《真理與方法》指出，接受過程不是對作品簡單之複製或還原，而是一種積極的、建設性的作用。

一、閱讀活動的意義

　　讀者反應理論的方法之一是描述閱讀活動，仔細考察讀者在閱讀過程中的閱讀經驗，並把它記錄和呈現下來。偏重分析讀者的閱讀心理，而非文本的多意性。

　　焦點由作者轉向讀者，也認為讀者之閱讀過程與作品之所以為何種作品息息相關，否定作者對於作品之解釋權威，因為作者無法具有客觀的表述背景，他們往往受到時代與社會文化所影響，所以無法宣稱作品的內容全然為其個人觀點，其中以有意識形態與社會文化影響。羅蘭巴特說：「書寫成章（作品）的統一性，關鍵不在於它的源頭（作者），而在於它的目的地（讀者）。」也就是作者並非作品的權威來源與意義的詮釋者。讀者反應理論既質疑作者的全然自主性，更強調作者創作時亦不免意識到寫作及語言成規模式，這些都將限制影響其詞彙運用之多寡與自由程度。就詮釋學角度而言，閱讀行為是隱含作者與讀者對話，所謂作者意見已不可

考，所有的理解只能在語言表現上進行，是以所理解的結果自然無法歸之於作者想法。[18]

二、編織中的文本而非已寫就的作品

　　既然作者之自主想法無法確立，寫出的作品自然無法當作完整的成品。作品成為一種解構語言、重新布置語言的成果，其所強調的，是一個文本，書寫成章的概念，Text 為組織之意，有編織書寫的意思，是構成之組織，以此「書寫成章」取代「作品」，作品有「成品」的概念，顯示一個自足的狀態。Text 或說本文、文本，有別於作品。文本是指以特定媒介固定下來的符號系統，與讀者相對應，等待讀者進行解讀方產生意義，文本本身並不具自足意義。[19]

　　「書寫成章」（text）是一個意義建構的過程，這個建構不到「品」或已完成的地步，本體性之確立在於意會義之開始與建構，所以作者讀者可以共享理解其中的文字符號，但未必有趨於一致的體會。所以就讀者的閱讀理解來說，是一種對這個文本的創造，而非指出或複製所謂意義。[20]

　　讀者之閱讀作品，也不再是閱讀固定的完成的作品，而是一種動態過程，作品的意義有待讀者去創造建立。所謂意義也並不存在，因為意義未確定，或說確定的意義不存在，唯有讀者進行閱讀

18　蔡源煌，《從浪漫主義到後現代主義：文學術語新詮》（臺北：書林出版公司，2015），頁 205-206。

19　譚好哲、馬龍潛主編，〈第五章　文學交流與意義闡釋〉，《文藝學前沿理論綜論》（濟南：山東大學出版社，2004），頁 214。

20　蔡源煌，《從浪漫主義到後現代主義：文學術語新詮》（臺北：書林出版公司，2015），頁 208-210。

方有產生的可能，而且作者是動態的產出，並非有統一或固定的意義。

三、文本的未定性與空白

英加登（Roman Witold Ingarden，1893-1970）認為文學作品是由語音、意義、再現的客體層次與圖式觀相層次，這四個異質的層次所構成的一個整體結構，其中第三層次是文本的綜合印象，第四層次則是讀者對於當中存在著大量的「未定點」（indeterminacies）和「空白」予以具體化。一如前述，作者既然無法提供完整的作品，只能呈現書寫的文本（text），因此，讀者的任務即在於捕捉理解其中語意的缺口縫隙。伊瑟爾（Wolfgang Iser, 1926-2007）則提出文本中的空白是交流的基本條件，也是閱讀中不可或缺的積極動力，為讀者想像力的催化劑，促使讀者去補充被隱藏的內容。文本的不定性是歷史的，作品始終在等待著「讀者」。[21]

四、暗示的召喚結構

召喚結構由伊瑟爾提出，指作品的暗示作用。作品雖有不定的多義性，但也在尋找一種相對的確定性，因此，文章的空白是一種尋求意義連接的「無言的邀請」，文本確實寫出的部分為空白處提供了重要的暗示，所以空白處不是虛空性的，也非提供讀者漫無邊際的聯想解釋，而是一種「召喚結構」，邀請讀者針對文本所提供

21　徐志平、黃錦珠，《文學概論》（臺北：洪葉文化公司，2011），頁 287。

的暗示進行補充與解答，所以，作品的空白之處的填補，必須服從作品中非空白的部分，由其引導，實現意義之建構。[22]

 問題與思考

一、讀者反應理論的召喚結構所指為何？

二、讀者反應理論如何看待作品？與新批評之文本內涵有何不同？

22 徐志平、黃錦珠，《文學概論》（臺北：洪葉文化公司，2011），頁 288。

 複習與評量

試連結下列關鍵字並說明彼此關係或意義：

閱讀創造

　　　　　　　　　　　　　讀者意識

　　　　　空白

　　　暗示

　　　　　　　　　　召喚

語言

　　　　　　　　　布置

隱含作者與複調雜語小說

　　美國學者布斯（Wayne C. Booth, 1921-2005）於 1961 年提出「隱含作者」（implied author）概念，主張須將作家與其隱含於作品的形象區分開，作者不等同隱含作者，隱含作者可視為作者在文本中的代言人，是一種寫作的設計與策略，隱含作者的聲音也就是文本所呈現的思想情感、價值信念，但未必即是實際作者的意見或信念，無論實際作者是否忠實呈現，或刻意虛構，文本的理念可以與實際作者的人生現實相符，當然也能是相反。[23]

一、操縱運用各種聲音的隱含作者

　　西蒙・查特曼（SymourChatman, 1928- ）以為，隱含作者與敘述者不同，它沒有聲音，沒有直接進行交流的工具，它是借助所有聲音，選用一切手段讓讀者理解，此時的所有聲音，即包含人物聲音，敘述者聲音，修辭運用、觀點選擇敘述方式的處理等。而這些文本元素都是引導讀者去感受其背後的語調、價值取向、人生態度等，「隱含作者的聲音」其實也有賴讀者依其知識背景、倫理價值與文化限制之影響下進行閱讀的想像。[24]

23　柯思仁、陳樂，《文學批評關鍵詞：概念・理論・中文文本解讀》（臺北：五南圖書公司，2021），頁 98-99。

24　柯思仁、陳樂，《文學批評關鍵詞：概念・理論・中文文本解讀》（臺北：五南圖書公司，2021），頁 100 引用 Seymour Chatman，*Story and discourse* (Ithaca: Cornell UP 1978), p148。

隱含作者是作品中的發言人，是故事中角色，所表達的意見與聲音也未必等同實際作者主張，於此以巴赫金（Mikhail Bakhtin, 1895-1975）主張的對話理論（dialogism）加以對照比較。對話理論亦稱複調小說理論。「複調」（polyphony）是借用音樂學的「複調」術語說明小說創作的多聲部現象，其研究陀思妥耶夫斯基的長篇小說時發現，其中「有眾多且各自獨立不相融合的聲音和意識」，[25] 而雜語（heteroglossia）小說則是分析小說中的對於各種場合或文體模仿的話語現象。

二、眾聲喧嘩的複調小說

巴赫金主張，複調小說是以人物為角度，有各式的意見安排與呈現：

1. 複調小說的主人翁不僅是作者描寫的客體或對象，非作者思想觀念的表達者，而是表達自我意識的主體。2. 複調小說不存在所謂至高無上的作者統一意識，小說也未依作者的統一意識展開情節、人物命運、形象性格等，而是展現有相同價值的不同世界。3. 複調小說由不相融的各種獨立意識、各具完整價值的多重聲音組成。

複調小說充滿人物之間的對話，包括人物與自身對話，此又可表現為內心衝突，以及將自己設想一個第三者來與其對話，如《罪與罰》以你跟自己對話。作者與小說人物是一種平等對話的關係，

25　徐志平、黃錦珠，《文學概論》（臺北：洪葉文化公司，2011），頁 278 註 51 轉引自朱立元，《當代西方文藝理論》（上海：華東師範大學出版社，2005），頁 261 所載巴赫金，《陀思妥耶夫斯基詩學問題》一書。

作者透過彼此對話進行反思自覺，其中的人物無所謂典型性，作者也非權威人物或宣揚權威主張，而是按照一個整體的設計，對（自然也是作者所創造）書中人物意見進行和諧安排。

此種複調小說的整體設計或主導的藝術形式即為自覺意識，唯有在自覺意識中，作者、主角才能認識到其各自獨立的主體意識之價值、才能充分尊重對方自由、並維護各方得以自由表達。自覺意識的結果是主體對自我的未完成性、不確定性之自覺感悟，而這多半是在不確定的人生與命運中獲得的。[26] 中國古典小說《西遊記》第九回以漁子張稍與樵夫李定之漁樵爭論問答情節，即有類似的複調現象，二人分別主張山居及水處的真趣與自在，彼此互不相讓，各表意見。又如《紅樓夢》第二十八回薛蟠與寶玉等行酒令，各自提出人生之雅俗看法，除了預示人物角色之命運，也對於人生各種層次的意見進行分享與展現。

三、有意模擬的各場合或文體的話語

巴赫金也認為長篇小說的話語有以下類型：

作者直接的文學敘述、對日常口語敘述的模擬（故事體）、對半規範性日常敘述的模擬（日記書信）、各種規範但非藝術性的作者話語模擬（哲學道德的話語、演講申論、民俗描寫、簡要通知等）、主人翁的具有修辭個性的話語。[27]

26　劉康，《對話的喧聲，巴赫金的文化轉型理論》（北京：中國人民大學出版社，1995），頁 135。

27　徐志平、黃錦珠，《文學概論》（臺北：洪葉文化公司，2011），頁 278-279。

　　這些不同場合與刻意呈現的話語，是作者的有意模擬，是一種有意的設想，使小說充滿各層次的言語語彙，有日常用語也有書面文字，皆是作者策略安排，在作者有意的布置下，作者的聲音表現不限一種，而是充滿各種特色。

 問題與思考

一、巴赫金複調小說與雜語小說有何話語特色？

二、敘述者、作者與隱含作者之別？

複習與評量

試連結下列關鍵字並說明彼此關係或意義：

對話理論

價值

語調

自我反省

統一意識

作者

人物

27. 解構主義的延異替補變動

　　解構主義（Deconstructionism）又稱為後結構主義（Post-structuralism），實即也是對結構主義的反省與質疑。解構主義認為語言並無法明確表述意義指稱，語言是含混模糊的，所有的意義都必須不斷再給予解釋，再給予意義補充，[28] 如此，何有所謂固定的語言系統或結構，一切都在解釋的過程，不斷變異延宕中。德希達認為，李維史陀所描述的統一的結構並不存在，中心結構是由不同性質成分疊合的動態系統，充滿差異和變化，德希達（Jacques Derrida, 1930-2004）認為言語賴文字以存在，但文字卻有不可靠的含混誤解的傾向，所以無所謂最終的意義，而是一變動的延異替換進程，是多元且似非而是的遊戲活動。[29]

一、語言的含混

　　德希達認為，文字的距離、缺場、誤解、含混等特性，恰是語言的本質特徵，不僅能指是任意的，所指也是任意的，只有透過與其他所指的差異才能被認識。因此，沒有永恆固定的所指，它是潛在的、無休止的相互差異產物。語言傳遞系統的變動不居，零亂

28　例如日常會話，「老師很會點名，⋯⋯很會點未到的同學」，表示第一句話「很會點名」並無法完整表述意思，必須再說第二句話補充。「很會點名」至少有兩個意思，除了很厲害，點到未到學生，也有另一個意思，指很常點名，很容易點名。

29　徐志平、黃錦珠，《文學概論》（臺北：洪葉文化公司，2011），頁 290 註 66 引用德里達，〈人文科學話語中的結構、符號和遊戲〉，收於《二十世紀西方美學經典文本》（上海：復旦大學出版社，2001）第三卷。

重複、虛假不確定性，不斷替代解釋置換的動態過程，語言就是一個無限差異無限循環的系統，能指指向所指，所指又指向更多的能指，循環往復，而符號的表意也成為一場遊戲，意義更是被無限期推後，亦即糅合差異與延遲的延異（difference）概念。

二、意義的延宕

延異也產生了播撒（dissemination）概念，播撒是一切文字的本能，始終打斷文本的意義鍊條，瓦解文本統一的神話，文本是零散、混亂重複的，以此證明文本確定意義的虛假性。每次的閱讀都是探險，不會到達同樣的終點。蹤（trace）則是描述意義延異的動態過程。文本就是一種意義和詞語在其中不斷被抹除，也不斷留下痕跡，終極目標永遠處於變動和不穩定中的過程。[30]

解結構過程是一種換置（displacement）與揭發（exposition），一種分裂（disruption）與機械化（putting-in motion），又可稱為反沉澱的過程。解結構也就是將任何本體或本質化的觀念「問題化」（problematize）或以胡賽爾所謂置於抹拭之下（sous rapture; under erasure），解結構分析認為，言語其實是被文字所影響，且須賴文字以存在。因此，後結構主義的文字（writing）或正文（text）的意義較其字面意義較廣且深，對德希達而言，這兩個詞代表的是存在與不存在、相同與差異之間相互作用（interplay）、自由遊戲（free play）的似非而是（paradoxical）的結構或場地（field）。[31]

---

30 徐志平、黃錦珠，《文學概論》（臺北：洪葉文化公司，2011），頁292。

31 奚密，〈解結構之道：德希達與莊子比較研究〉，收於鄭樹森編，《現象學與文學批評》（臺北：東大圖書公司，2009），頁190-191。

　　德希達表述方式也屬於其要傳達的主張之一部分。其不斷強調，比喻及似非而是的普遍存在，加上作者非肯定（non-assertive）或非嚴肅的姿態共同建立了多元性（plural）或遊戲式（playful）的風格。Play 於此為延異（differance）的運行，所以，形式與內容、意義與表達、比喻與隱喻的區分不再是對或適當的，同樣的，哲學論述與文學創作、客觀分析與主觀表現、嚴肅著作與非嚴肅著作的對立亦非固定不變，這一思想仍在一繼續被理解被詮釋的過程中。[32]

 問題與思考

一、語言如何藉由差異顯現意義？

二、解構主義如何看待文本？

32　奚密，〈解結構之道：德希達與莊子比較研究〉，收於鄭樹森編，《現象學與文學批評》（臺北：東大圖書公司，2009），頁 215。

複習與評量

試連結下列關鍵字並說明彼此關係或意義：

虛構

不定性

含混

二元對立

替補

延異

任意

後設小說的模式遊戲旅程

　　「後設小說」（meta-fiction）是關於小說的小說，主張這類小說具有寫作的策略、隱含著某種隱喻或批判、提醒書寫與閱讀的活動。作者在作品中不斷提醒讀者關於寫此小說作品的虛構身分與寫作過程。後設 meta 的認識是「在甚麼之後」，是一種個人對自我的認知具有意識，且刻意呈現出這種認知的現象。有了對模式規範或歷程之掌握評價後，便衍生出另一種新的認知，之所以稱為「後設」，其原因在於是對認知的認知。

一、成規的意識與反省

　　就後設敘事而言，真實敘事與虛構其實都是文字堆砌的構造，因此，敘事無法保證所謂的客觀真實性，後設小說乃是對現實主義傳統與成規反省而生，當傳統小說刻意展現真實性時，後設小說則有意展現小說書寫之過程，包含作者之存在，以及對文字精確性的懷疑，後設小說固然力邀讀者參與，但作者也參與小說中，掌握小說的「言說」，除了凸顯小說之虛構性，也藉此避免讀者選擇性地曲解誤讀。[33]

　　後設小說充滿自覺的質疑與語境模擬，對語言在語境中的作用質疑，小說因此無所謂權威思想，不斷的提醒反省甚或遊戲的創作過程。後設小說展現小說家對語言、文學形式以及對小說的書寫過

33　見帕特里莎‧渥厄（Patricia Waugh）著，錢競、劉雁濱譯：《後設小說：自我意識小說的理論與實踐》（臺北：駱駝出版社，1995），頁 7、115-116、119-121。

程充滿自覺，以致敘事的文體具有高度反射性。對以往的經驗論感到疑慮，所謂現實亦是經由人的認定詮釋而生，亦是某種虛構，後設小說常模擬看來不足為奇的平淡文體，引起讀者注意與警覺。

二、強調情境以呈現設置的刻意

也提醒讀者，即使作品語言取材自日常生活，一旦置入小說情境以及前後文中，已不能夠完全用分析日常語言的方法一成不變來探析，尤其聽者有意的情況下，其語言總是指向另一種語言，也是因此為何後設小說從未以為小說具有特權或權威。[34] 在後設小說的世界中，小說為一種形式、一種情境，被有意的模擬遵循，以及閱讀，其中的創作自覺、情境設計與邀請讀者之閱讀追蹤，即是對於小說的認識與提醒，特別的是，這樣的提醒與警覺是被放置在小說的形式中。

 問題與思考

一、說明關於小說的小說？

二、書寫自覺與後設之關聯為何？

---

34 蔡源煌，《從浪漫主義到後現代主義：文學術語新詮》（臺北：書林出版公司，2015），頁 156-158。

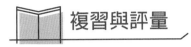 複習與評量

試連結下列關鍵字並說明彼此關係或意義：

遊戲

變動

自覺

過程

後設

書寫情境

日常語言

29. 女性主義的性與雙性書寫

　　女性主義理論（Feminism）由男女性別差異的基礎出發，首先是嘗試在「他者」的概念中建立女性主體性，其後發展成，對父權傳統這個權力加以解構挑戰，研究角度由女性性徵的思考進至對語言系統之考察，形成批評理論。

一、性別話語理論的確立

　　至於女性主義文學理論則有英美理論與法國理論兩派。自1975 年以來，美、法新女性主義嘗試以女性觀念分析文學，從嘗試洞察以往在男性中心價值下被蒙蔽的隱徵，發展到新女性時期的文學評論，也使女性書寫的特質，有了更明確概念。

　　美國女性主義批評理論發展可分為三個階段：一為批評階段，即揭露男性作品中隱含的歧視扭曲女性的意識形態程式；其次為發掘階段：重新梳理評價文學史、思想史，發掘以往遭到埋沒的女文學家、女思想家；第三則為話語分析階段：把女性主義批評實踐上升為理論話語，為女性主義塑造理論身分。[35]

---

35 劉涓，〈「從邊緣走向中心」：美、法女性主義文學批評與理論〉，《西方女性主義研究評介》（北京：三聯書店，1995），頁 95-140。徐志平、黃錦珠，《文學概論》（臺北：洪葉文化公司，2011），頁 294 註 69 引朱剛，〈女性主義批評理論〉，收於《二十世紀西方文藝文化批評理論》（臺北：揚智出版社，2002），頁 174-191。

二、陰性書寫觀點的發展

　　法國女性批評則受到後結構主義的影響，關注於如何顛覆、打破男權神話。可以稱為後現代女性主義。法國解構主義與新的精神分析學為女性主義理論提供文學研究一蹊徑。法國女性主義批評家西蘇（Hélène Cixous, 1937-）則藉由女性性器官主張陰性書寫。[36]西蘇從男女二元對立下，女性屬於他者的角度出發，認為女性寫作具有改變主體的顛覆性力量，社會變革有賴主體的變革，而語言則是控制文化和主體思維方式的力量，語言施展它對我們的限制，透過語言，父權男性的欲望也藉以控制女性，故應從語言的批判推翻父權控制，西蘇主張，女性沒有自己的語言，只有透過寫自己，讓自己的身體被聽見，被看見。[37]

　　露絲‧伊利葛瑞（Luce Irigaray, 1930-）也由女性氣質被視為不理性，受壓抑的他者出發，女性被認為是不完整的男性，只有這樣的客體地位，才能保障男性在社會秩序中的穩定地位。伊利葛瑞認為女性應從建立女性系譜，一種新型的母女觀念上，才能顛覆以男性建構的話語系統，進行女性所謂非理性的言語書寫，這種語言快感有若女性的生理結構，具有流動重複雙重的特徵，這種語言是細碎無系統的神經質的，言論永遠不能定義為任何東西，是一種多元的「女人腔」。[38]

36　劉涓，〈「從邊緣走向中心」：美、法女性主義文學批評與理論〉，《西方女性主義研究評介》（北京：三聯書店，1995），頁128。蔡源煌，《從浪漫主義到後現代主義：文學術語新詮》（臺北：書林版公司，2015），頁249。

37　劉涓，〈「從邊緣走向中心」：美、法女性主義文學批評與理論〉，《西方女性主義研究評介》（北京：三聯書店，1995），頁127。張岩冰，《女權主義文論》（濟南：山東教育出版社，2002），頁117-119。

38　張岩冰，《女權主義文論》（濟南：山東教育出版社，2002），頁123-127。

　　朱莉亞‧克里斯蒂娃（Julia Kristeva, 1941-）反省拉岡
（Lacan, 1901-1981）的理論，拉岡認為人格及語言符號之形成，
繫乎於象徵法則的確立，從認同母親轉而認同父親，最後落實在符
號與指涉之間的差異性。對此，克里斯蒂娃以「符號」和「象徵」
的區別取代拉岡的「想像」和「象徵」。她所主張的符號學與前伊
底帕斯時期的人類生活有關，在前伊底帕斯時期，孩子認同母體的
想像期語言，此時是流動的、沒有模式的、類似聲音和節奏的符號
期，克里斯蒂娃認為，符號是語言的「另一面」，與女性相關，但
非女性專屬語言，它代表象徵語言中的分裂、矛盾、沉默與缺失的
東西，沒有性別之分，沒有二元對立，是一種中性的東西，猶如女
性的存在，是一種社會內部顛覆的力量。[39] 符號進入象徵秩序時，
難免受到壓抑，轉向認同父親之後為後伊底帕斯時期，即象徵期，
但克里斯蒂娃認為，符號期與象徵期二者並非對立，前者是客觀
理性的平衡要素，後者是表達情感的要素，應是可以悠遊在前、後
伊底帕斯時期，即是在父性、母性之間遊戲的，克里斯蒂娃同時認
為，不應將男性氣質與女性氣質等同生物學上的男女，每個人多少
都有男性或女性氣質，故男性也可能陰性寫作。[40]

 問題與思考

一、女性主義對於女性寫作的批評經過哪些變化？

二、克里斯蒂娃的雙性書寫主張有哪些內容？

....

39　張岩冰，《女權主義文論》（濟南：山東教育出版社，2002），頁 128-130。
40　劉涓，〈「從邊緣走向中心」：美、法女性主義文學批評與理論〉，《西方女性主義
　　研究評介》（北京：三聯書店，1995），頁 128。

複習與評量

試連結下列關鍵字並說明彼此關係或意義：

性別理論

話語

雙性

匱乏

權力

顛覆

文化系統

30. 後現代批評的構設與質疑

　　後現代主義（Postmodernism）之後現代一詞，實相對於現代，1960 年代初期出現有後現代風格的作品。因社會時代之多元發展基礎上，文學也自然反應出此種離心的知識結構，利奧塔（Jean-François Lyotard, 1924-1998）認為，後現代主義是現代主義的初期狀況，意味後現代主義所具有的質疑批判與挑戰姿態，一如現代主義初期之充滿破壞和創新精神。然而，當現代主義全面主導文化和思想陣地後，就不再提倡反叛反思，而是講究新的範式權威，講究肯定秩序和諧，此時又趨於為既有制度辯護的現代主義。以往的質疑批判態度轉而維護保守，此時的後現代主義即扮演以往現代主義的角色，所以後現代主義可說是更新的現代主義，以「後現代主義」的武器去挑戰現代主義，可預見的，當如此的後現代精神又成為某種秩序時，所謂的挑戰精神又將消失，如此不斷以至無窮。[41]

　　現代主義崇尚崇高完美的美學，對那不可表現之物以「無內容的形式」加以表現，所以尚有某種極致美感的追求。而後現代主義則不再追求藝術審美形式的優美愉悅，不再憑藉共識去緬懷不可企求之物，反而是開始尋求新的藝術表現形式，目的不在從中獲得愉悅，而是藉此新的形式以表達對那不可表現之物的體認，可見後現代主義是強調一種無法追求的體認，所以藝術家的創作不受既定的規則限制，也不需有特定的判斷依據，反而是更多自我的認定或質

41　王岳川，《後現代主義文化研究》（臺北：淑馨出版社，1993），頁 195-196。

疑等，而因此使創作具有更多特徵。[42]

　　既然後現代主義以為，完美的形式可遇不可求，所以重要的是創作者書寫過程本身。因此，後現代的作品（所謂文或成章）往往沒有主導的統一結構，而是片斷的，結構如此，其間的語體也可以是不同且片斷，作家則將這些片斷加以拼湊在某個書寫空間而已。另一方面，後現代主義又提出主體的分裂與知覺之紊亂，自然也不承認文本結構有統一性，反而強調文本拼湊聚集的組合特質，所以現代主義質疑現實主義之模仿再現，也反省新批評等以作品為中心，抽離社會歷史因素的看法，因為文本並非固定客觀，自然也無法有具體的語言意義。[43]

一、顛覆語言記號的指涉

　　後現代文學批評以為，文學中的語言記號之功用多在於其象徵性，而無法有具體的指涉。往往是以 A 代替（或說明）B，但 A 實際並不等於 B，這種一連串的意義追蹤過程，使語言的意義免不了有延異性，意義總是延宕，沒有終點。而文學是以文字構設的世界，文字語言既然如此變動，無法有明確的意義，那麼文學自然也是建立在幻象的基礎上，其所標榜的實在感（reality）是藉由不確定意義的文字經營勾勒的，自然也屬人為構設，而非實質的真實。這樣的文字所創造的世界，也只是現實世界的影射（simulate）虛擬（ssimulation），並不是反應真實或能指涉具體的世界，因此，

42　王岳川，《後現代主義文化研究》（臺北：淑馨出版社，1993），頁 196。

43　蔡源煌，《從浪漫主義到後現代主義：文學術語新詮》（臺北：書林出版公司，2015），頁 270-271。

讀者對於此一特質的文學，自也應當成寓言來理解。[44] 也就是視文學為一種認識意義的憑藉，真正意義在於文學本身以外。

　　姚斯（Hans Robert Jauss, 1921-1997）確認既有的理論都將「人與人之間的交流問題」放在一個重要的位置，一個理論的中心。由接受美學的主張轉而將作家作品讀者這一文學總體過程作為研究的總體對象。去把握藝術審美經驗中人與人的深層交流，試圖正確看待藝術生產和接受的互相作用之功能，並嘗試將文學交流理論的研究置於學術共同體中，而這共同體其實包含普遍的文化和學術活動，所謂超學科的研究視野，有如言語活動的交流與擴展，文學研究與社會、環境、人類等學門之交流互動等，一如以往所主張的讀者觀眾互動之觀念。伊瑟爾（Wolfgang Iser, 1926-2007）主張的虛構行為（Fictionalizing act）以為，文學包含真實虛構和想像三個維度，虛構行為不斷超越現實的界限，使現實「非現實化」，因而喪失確定性。同時，虛構行為藉由賦予想像，而成為一種格式塔（Gestalt Theory）構成，改變不確定性而構成新的現實。[45]

二、意義縫隙的追蹤意識與參照

　　同時，後現代理論以為，文學是在社會文化政治等各種潛意識下產生的，在此基礎下，文本必然留下很多缺口縫隙，留下多元複雜的意識痕，也由此形成解構的風格，無法保證有一定的固定的意義，所以最終能追尋到何種結果，則有賴讀者接受者之理解。當後

44　蔡源煌，《從浪漫主義到後現代主義：文學術語新詮》（臺北：書林出版公司，2015），頁 274-275。

45　王岳川，《後現代主義文化研究》（臺北：淑馨出版社，1993），頁 349-350。

現代將解釋的機會留給讀者之同時，逐漸消弭精緻文化與大眾俗文化之分際，其實也顯示讀者必須具有相當的學養訓練，必須對各領域加以理解融合，以作為一種批評的參照，方能認識到所謂缺口或縫隙的存在，也使文學研究趨向專業化，又因文學理論的言說廣為蔓延，研究自然就需要同一文化中更多相關領域的涉獵了。[46]

 問題與思考

一、後現代的文本具有何種特性？

二、後現代主義如何看待書寫現象？

---

46 蔡源煌，《從浪漫主義到後現代主義：文學術語新詮》（臺北：書林出版公司，2015），頁 279-280。

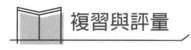 複習與評量

試連結下列關鍵字並說明彼此關係或意義：

統一結構

客觀

自主個體

紊亂

同質

異質

對抗

引用書目

梁・蕭統著、唐・李善註，《昭明文選・序》，臺北：五南圖書公司，1994。

梁・蕭繹，《金樓子》，臺北：黎明文化公司，1996。

梁・劉勰，《文心雕龍》，臺北：里仁書局，1994。

王夢鷗，《中國文學理論與實踐》，臺北：里仁書局，2009。

王岳川，《後現代主義文化研究》，臺北：淑馨出版社，1993。

朱光潛，《美學原理》，上海：上海世紀集團，2007。

朱光潛，《文藝心理學》，臺北：臺灣開明書局，1976。

吳潛誠，《詩人不撒謊》，臺北：圓神出版社，1988。

吳潛誠，《靠岸航行》，臺北：立緒文化公司，1999。

柯思仁、陳樂，《文學批評關鍵詞：概念・理論・中文文本解讀》，臺北：五南圖書公司，2021。

涂公遂，《文學概論》，臺北：五洲出版公司，1996。

高辛勇，《形名學與敘事理論：結構主義的小說分析法》，臺北：聯經出版公司，1987。

徐志平、黃錦珠，《文學概論》，臺北：洪葉文化公司，2011。

張岩冰，《女權主義文論》，濟南：山東教育出版社，2002。

張健，《文學概論》，臺北：五南圖書公司，1985年再版。

鄭樹森編，《現象學與文學批評》，臺北：東大圖書公司，
　　2009。

劉介民，《比較文學方法論》，臺北：時報文化公司，1990。

劉安海、孫文憲主編，《文學理論》，武漢：華中師範大學出
　　版社，1999。

劉康，《對話的喧聲，巴赫金的文化轉型理論》，北京：中國
　　人民大學出版社，1995。

蔡源煌，《從浪漫主義到後現代主義：文學術語新詮》，臺
　　北：書林出版公司，2015。

鮑曉蘭編，《西方女性主義研究評介》，北京：三聯書店，
　　1995。

錢鍾書，《談藝錄》，臺北：書林出版公司，1999。

龔鵬程，《文學散步》，臺北：臺灣學生書局，2003。

華諾文學編譯組，《文學理論資料彙編》，臺北：華諾出版
　　社，1985。

康德著，宗白華譯，《判斷力批判》，臺北：商務印書館，
　　1964。

帕特里莎·渥厄（Patricia Waugh）著，錢競、劉雁濱譯：《後
　　設小說：自我意識小說的理論與實踐》，臺北：駱駝出版
　　社，1995。

筆記頁

國家圖書館出版品預行編目(CIP)資料

聊解文學概論／許麗芳著. -- 初版. --
臺北市：五南圖書出版股份有限公司，
2023.08
面 ； 公分
ISBN 978-626-366-335-0 （平裝）

1.CST：文學

810　　　　　　　112011412

1XLW

聊解文學概論

作　　　者 ― 許麗芳

發 行 人 ― 楊榮川

總 經 理 ― 楊士清

總 編 輯 ― 楊秀麗

副總編輯 ― 黃文瓊

責任編輯 ― 吳雨潔

封面設計 ― 陳亭瑋

美術設計 ― 姚孝慈

出 版 者 ― 五南圖書出版股份有限公司

地　　　址：106台北市大安區和平東路二段339號4樓

電　　　話：(02)2705-5066　傳　　真：(02)2706-6100

網　　　址：https://www.wunan.com.tw

電子郵件：wunan@wunan.com.tw

劃撥帳號：01068953

戶　　　名：五南圖書出版股份有限公司

法律顧問　林勝安律師

出版日期　2023年8月初版一刷

定　　　價　新臺幣300元

經典永恆・名著常在

五十週年的獻禮——經典名著文庫

五南，五十年了，半個世紀，人生旅程的一大半，走過來了。

思索著，邁向百年的未來歷程，能為知識界、文化學術界作些什麼？

在速食文化的生態下，有什麼值得讓人雋永品味的？

歷代經典・當今名著，經過時間的洗禮，千錘百鍊，流傳至今，光芒耀人；

不僅使我們能領悟前人的智慧，同時也增深加廣我們思考的深度與視野。

我們決心投入巨資，有計畫的系統梳選，成立「經典名著文庫」，

希望收入古今中外思想性的、充滿睿智與獨見的經典、名著。

這是一項理想性的、永續性的巨大出版工程。

不在意讀者的眾寡，只考慮它的學術價值，力求完整展現先哲思想的軌跡；

為知識界開啟一片智慧之窗，營造一座百花綻放的世界文明公園，

任君遨遊、取菁吸蜜、嘉惠學子！